UNE NAVETTE BIEN SPÉCIALE

L'auteur

Andrew Norriss est né en 1947. Il a fait ses études à Dublin, puis est devenu professeur. En 1982, il a commencé à écrire des livres. Il habite une chaumière dans un petit village du Hampshire, avec son adorable épouse et ses deux merveilleux enfants. Sa vie serait parfaite si les taupes arrêtaient de dévaster sa pelouse et si son fils ne laissait pas la confiture dégouliner le long du pot…

Andrew NORRISS

Une navette bien spéciale

Traduit de l'anglais par
Christine Bouchareine

POCKET
jeunesse

Titre original :
Aquila

Publié pour la première fois en Grande-Bretagne
en 1997 par Penguin Books Ltd (Londres).

Loi n° 49-956 du 16 juillet 1949 sur les publications
destinées à la jeunesse : janvier 2002.

ISBN 2-266-09259-6

À Jane, mon épouse,
qui est un fameux aigle dans son genre.

1

Tout commença par la disparition de Jeff.

« Alors, où va-t-on ? » avaient été ses dernières paroles. Tom ouvrait la bouche pour lui répondre qu'il n'en savait rien lorsque, sans prévenir, la corniche sur laquelle Jeff était assis s'était décrochée et avait plongé à une vitesse vertigineuse vers le bas de la carrière qui s'étalait à leurs pieds.

Bouche bée, Tom avait regardé Jeff s'enfoncer brusquement, son sac à dos sur les genoux, une canette de soda à la main, et une expression de surprise à peine esquissée sur le visage. Puis, dans un grondement de tonnerre, le fond de la carrière s'était affaissé à son tour, engloutissant Jeff. Le tout avait duré moins de trois secondes.

— Jeff ? appela-t-il. Jeff, ça va ?

Pas de réponse. Sa voix résonna dans la campagne environnante.

Tom hésita. Il fallait agir vite, seulement il n'avait jamais su prendre de décisions rapides. Il lui fallait le temps de réfléchir. Beaucoup de temps même : si c'était important, mieux valait le prévenir plusieurs jours à l'avance.

Il pouvait partir chercher des secours, mais Jeff avait peut-être besoin de lui tout de suite. Peut-être devait-il d'abord descendre voir ce qui était arrivé. Mais que faire si Jeff s'était vraiment fait mal ?

Difficile de se décider !

— Jeff ! appela-t-il à nouveau. Tu m'entends ?

Un gémissement monta brusquement du sol : déformé, étouffé, et pas rassurant du tout.

— Aaaah !

— Jeff ? Que se passe-t-il ?

— Aaaaaaaaah !

Le cri était suivi cette fois d'un bruit étrange.

Tom se débarrassa précipitamment de son sac à dos et entreprit de descendre à son tour en s'agrippant des deux mains à la végétation. Alors qu'il s'étirait pour chercher un appui du bout du pied, l'herbe céda sous son poids, et il glissa. Il voulut se raccrocher à un arbuste pour freiner sa chute, mais la branche morte lui resta dans la main. Prenant de plus en plus de vitesse, il culbuta sur lui-même et dégringola jusqu'en bas de la pente avant de disparaître dans le noir.

Il se releva en titubant dans l'obscurité. Peu à peu ses yeux s'habituèrent aux ténèbres : il se trouvait dans une grotte. Il n'entendait que le bruit de l'eau qui gouttait doucement du plafond au-dessus de lui. La roche sous ses pieds semblait froide et mouillée. Il aperçut alors son ami, assis par terre, qui se frottait le coude.

— Ça va ?

Jeff hocha la tête.

— Tu es sûr ? insista Tom en scrutant son visage.

— Tout va bien. Je t'assure.

— Vraiment ?

— Oui, affirma Jeff en hochant la tête d'un air un peu plus convaincu. Oui, oui, tout à fait.

Tom, qui n'avait toujours pas lâché son bout de branche, se détendit légèrement.

— Alors… pourquoi as-tu crié ?

— Désolé, dit Jeff avec un sourire piteux. J'ai pas pu me retenir… quand je l'ai vu.

Tom se retourna pour regarder dans la direction que Jeff lui indiquait.

— Aaaaaaah ! hurla-t-il à son tour.

— Disparu ? Qui a disparu ?

La sous-directrice possédait une de ces voix perçantes qui ne s'obtiennent qu'après des années passées à s'égosiller dans les cours de récréation ou sur les terrains de sport.

M. Urquart sursauta.

— Deux élèves de cinquième. Ils devaient être de retour pour midi et demi et... ils ne sont pas là.

L'inquiétude de M. Urquart était légitime. C'était la première sortie qu'il organisait et le parc national de Peak lui avait semblé un lieu d'excursion idéal. Il n'aurait jamais imaginé perdre deux enfants avant même la pause du déjeuner.

Mlle Taylor regarda sa montre. Il était 12h35.

— Filles ou garçons ?

— Deux garçons, précisa M. Urquart en consultant rapidement sa liste. Jeffrey Reynolds et Thomas Baxter.

— Ouf ! s'exclama Mlle Taylor, soulagée. (Elle sortit une canette de soda au gingembre de sa sacoche et tira sur l'anneau.) Vous ne leur auriez pas donné un travail par écrit, par hasard ?

— Eh bien, si, une petite enquête, répondit le professeur en sortant un formulaire de son classeur. J'ai distribué le même à tous les élèves de la classe, et j'ai bien précisé qu'ils devaient revenir avant le repas pour...

Mlle Taylor s'assit à une table de pique-nique, sa canette à la main.

— Je ne m'inquiéterais pas, à votre place. Tenez, dit-elle en lui tendant un sandwich. Mangez quelque chose.

— Mais les garçons…

— Ils vont bien. (Elle lui décocha un sourire rassurant.) Je suis prête à parier qu'ils sont tranquillement assis à ne rien faire.

— Vous êtes sûre ?

— Faites-moi confiance. Je connais les deux oiseaux.

Tom et Jeff étaient tranquillement assis à ne rien faire.

— Ne t'inquiète pas, affirma Jeff. Il est mort. Je ne l'ai pas vu tout de suite, mais il est bien mort.

— Oui, approuva Tom en hochant la tête. Je vois ça.

Sans être expert en la matière, il savait qu'un individu dont on ne voyait que les os n'était pas au mieux de sa forme. Et quand il n'en reste qu'un squelette revêtu d'une armure, serrant une épée entre les osselets d'une main, et un bouclier dans l'autre, il ne peut être que mort. Forcément.

N'empêche que Tom aurait préféré que le mort cesse de le regarder comme ça.

— À mon avis, c'est un Romain, déclara Jeff en se levant pour l'examiner de plus près. J'ai une figurine habillée comme lui chez moi.

— Il faut sortir de là, dit Tom en se levant pour regarder le trou par lequel ils étaient tombés. (C'était la seule issue et elle était hors d'atteinte.) Tu as une idée ?

Il n'obtint aucune réponse. Jeff avait pris l'épée du squelette, éparpillant les petits os de sa main par terre, et s'amusait à fendre l'air à grands gestes.

— On pourrait peut-être entasser ces pierres au milieu, pour grimper dessus, continua Tom. À moins que je monte sur tes épaules et… Jeff, tu m'écoutes ?

Ce dernier avait brusquement cessé de jouer avec l'épée et regardait fixement le fond de la caverne.

— Attends. Qu'est-ce que c'est…

— C'est un squelette.

— Non, pas lui. Le truc, là-bas, fit-il en tendant la main vers le fond.

Tom scruta l'obscurité avec angoisse.

— C'est juste un rocher. Il y en a plein, tu peux…

Il s'interrompit. Celui que Jeff lui indiquait était d'une couleur différente des autres et il avait une forme étrangement régulière. Ils s'approchèrent et virent qu'il s'agissait d'une sorte de petit bateau lisse, rouge foncé. Avec l'avant légèrement bombé comme le nez d'un dauphin, se dit Tom.

— Il y a quelque chose écrit dessus.

Il se pencha pour essuyer la poussière avec sa manche et découvrit des lettres peintes en or.

— Tom ? l'appela Jeff sans lui laisser le temps de les déchiffrer.

Il avait découvert deux sièges au centre de cet objet bizarre et s'était assis sur l'un d'eux. Il faisait signe à Tom d'approcher, en fixant quelque chose devant lui.

— Quoi ?

Jeff tendit le doigt, Tom se pencha. Sur la paroi face aux sièges, une lumière verte brillait dans le noir.

— Qu'est-ce que tu as fait ?

— Rien. Ça s'est allumé tout seul.

— Comment ça ?

— Quand je me suis assis. Et regarde, en voilà une autre ! ajouta Jeff le doigt tendu.

Une petite lumière orange était apparue à côté de la verte. Un instant plus tard, une troisième s'éclaira.

Puis une quatrième.

Tom s'assit sans rien dire à côté de Jeff. Des lumières s'allumaient les unes après les autres, si bien que tout le tableau devant eux en fut couvert, puis ce fut le tour de la console installée entre eux, sur le plancher.

Les deux garçons remarquèrent alors un léger ronronnement, une vibration presque imperceptible qu'ils sentirent plus qu'ils ne l'entendirent, et qui se termina par un *ding* comme la sonnerie d'un micro-ondes indiquant que la pizza est prête.

Et tout s'arrêta.

— Waouh !

Jeff tendit la main devant lui vers deux manettes horizontales qui encadraient quatre grosses lumières bleues disposées en cercle comme les pétales d'une fleur.

— Je me demande ce que c'est.

— Quoi ?

— Ce truc. C'est quoi à ton avis ?

— Eh bien... c'est... c'est une machine, fit Tom en haussant les épaules.

— Oui, mais elle sert à quoi ?

Jeff passa un doigt prudent sur une des lumières.

— Qu'est-ce que tu fais ?

— Regarde ces lumières ! s'exclama Jeff en se penchant pour les observer de plus près. Ce sont des boutons électriques, tu vois ? Et je parie que si on pousse celui-là...

— Arrête ! s'écria Tom en dévisageant son ami d'un air effaré. On ne sait jamais ce qui peut se passer !

Jeff ne dit rien. Tom avait raison. Mais, justement, il aurait bien aimé tenter un essai. Son doigt était toujours suspendu au-dessus des lumières.

— Il faut réfléchir, le supplia Tom.

— Réfléchir à quoi ?

— Juste une ou deux minutes. Ça pourra peut-être nous aider.

À contrecœur, Jeff se renfonça dans son siège. Pourtant plus le temps passait, plus il se disait que ça ne les mènerait nulle part. Il n'y avait qu'une seule façon de savoir.

— Essayons celle-là, proposa-t-il en posant son index sur une des lumières bleues.

Tom ouvrit la bouche pour protester mais, avant qu'il ait pu émettre un son, le monde disparut dans une explosion de lumière et de bruit, accompagnée d'une petite note suraiguë que Tom mit quelques secondes à reconnaître : sa propre voix.

— Je leur ai fait peur ? s'étonna M. Urquart. Vous le croyez vraiment ?

— Vous les avez terrorisés ! affirma Mlle Taylor en époussetant les miettes sur sa jupe. L'un comme l'autre. C'est une réaction biologique incontrôlée. Dès qu'on leur parle d'écrire, leurs pieds éprouvent le besoin irrésistible de détaler.

— Je vois.

— C'est une forme d'allergie, en fait. Savez-vous que, moi qui vous parle, j'ai même vu Tom se couvrir d'urticaire parce qu'on lui avait demandé d'écrire un poème ?

— Je l'ignorais totalement…

— J'aurais dû vous prévenir. C'est moins grave en classe, bien sûr, mais dans le cadre d'une sortie… eh bien, ils ont dû s'enfuir, tout bonnement.

— Je vois…

— Qu'avez-vous prévu pour leur groupe cet après-midi ?

M. Urquart sortit son classeur.

— Je devais les emmener visiter le château à 13 h 30…

— Vous les retrouverez là-bas, à 13 h 30, dit Mlle Taylor en mordant dans son troisième pâté à la viande. Ils vous raconteront qu'une tornade a emporté leur formulaire, qu'ils ont couru après et qu'ils se sont perdus. Les petits monstres ! (Elle lui tapota le genou.) Ils ne méritent pas que vous gâchiez votre repas pour eux.

Lorsque Tom s'arrêta de hurler, il s'aperçut que, s'il était dans le noir, c'était parce qu'il avait les yeux fermés. Il les ouvrit : tout était blanc. La lumière, le brouillard, tout n'était que blancheur autour de lui.

Jeff était toujours assis à côté de lui. Un peu blanc, lui aussi.

— On est vivants ?

— Je crois, répondit Jeff avec un petit sourire forcé. Je respire encore.

— Où sommes-nous ?

— Euh… (Jeff hésita.) Eh bien, au même endroit que tout à l'heure, mais… légèrement plus haut.

— Légèrement plus haut ?

Jeff hocha la tête.

— Si tu te penches un peu…

Tom obéit et le regretta aussitôt. Le sol était là, mais très, très loin. Entre les nuages, il voyait se découper les champs, les arbres, la rivière qui serpentait au milieu de la vallée… Il s'empressa de refermer les yeux.

— Nous devons être à sept ou huit cents mètres d'altitude, continua Jeff d'une voix calme, quoique un peu plus aiguë que d'habitude. Tout va bien. Je sais ce qu'il faut faire, ajouta-t-il en se penchant vers le tableau de bord. Si ce bouton nous a fait monter, cet autre — il désigna celui qui se trouvait au-dessous — devrait nous faire descendre.

— Non ! s'écria Tom en l'agrippant par le bras.

— Quoi ?

— Arrête ! Laisse ce bouton tranquille. Ne touche plus à rien !

— Nous n'avons pas le choix, Tom. À moins que tu ne veuilles finir tes jours ici.

— Je crois, seulement… (Tom tenait toujours Jeff par le bras.) Je crois qu'on devrait d'abord réfléchir, non ? Juste un peu.

Ils restèrent quelques minutes sans rien dire. Mais Tom dut se rendre à l'évidence : ils n'avaient pas le choix.

— D'accord, marmonna-t-il. Vas-y. Mais lentement, compris ? Très lentement.

Jeff appuya tout doucement sur le bouton.

Plusieurs secondes s'écoulèrent.

— On bouge ?

— Oui, dit Tom. Nous reculons.

2

C'était très simple une fois qu'on avait compris. Les quatre lumières bleues permettaient respectivement d'aller vers le haut ou le bas, en avant ou en arrière. Plus on poussait fort, plus la vitesse était grande.

Ils eurent une grande frayeur lorsque Jeff, saisissant la manette devant lui, fit basculer l'appareil sur le côté. Au moment où ils allaient être éjectés, Jeff eut le réflexe de saisir l'autre manette, ce qui les ramena à l'horizontale.

Ces deux leviers, situés de chaque côté des lumières bleues, répondaient donc à la pression. Le vaisseau se pilotait comme une moto. En tirant vers le haut, il montait vers le ciel. Si l'on poussait vers le bas ou sur le côté, le nez suivait la direction indiquée.

C'est encore plus simple à conduire qu'un tricycle, se dit Jeff. Il suffit de mettre les mains sur les manettes, de pousser sur les boutons avec les pouces, et c'est parti.

— Un enfant pourrait le piloter, fit-il gaiement, tandis qu'il entamait un virage en descente pour passer entre deux nuages.

— Tu crois que tu pourras nous ramener en bas ? demanda Tom.

— Sans problème, assura Jeff, en amorçant doucement une spirale sur la droite. C'est à la portée de n'importe qui, tu…

— Alors, ramène-nous au sol. Tout de suite.

— D'accord.

Jeff poussa les manettes en avant, l'appareil piqua du nez, et une légère pression de son pouce gauche les fit plonger vers la terre. Il évita un bouquet d'arbres et posa l'appareil dans un champ de blé. Il décrivit quelques ronds sur place, leva les mains des manettes et contempla le cercle d'épis qu'il avait aplati.

— Voilà de quoi intriguer le fermier. Comment te sens-tu ? ajouta-t-il en se tournant vers son ami.

Tom s'était déjà extirpé de son siège. Que c'était bon de retrouver le plancher des vaches ! Et il se sentirait encore mieux quand ses genoux arrêteraient de trembler.

Jeff descendit à son tour. Alors qu'il étudiait l'engin qui les avait si miraculeusement propulsés dans les airs, il remarqua que ce dernier flottait, immobile, à quelques centimètres du sol. Pourtant il n'avait pas bougé d'un millimètre quand Tom et lui en étaient descendus. Il n'avait pas frémi et semblait même plus stable que le sol sous lui.

L'inscription que Tom avait remarquée était maintenant bien lisible malgré la peinture délavée et écaillée par endroits.

— Qu'est-ce que tu lis ?

Tom s'approcha.

— *Aquila*.

Aquila. Voilà un joli nom ! se dit Jeff.

— Tu crois que c'est du romain ?

— Quoi ?

— C'était un Romain, le soldat dans la grotte. Ce truc-là aussi, certainement.

— Je ne crois pas. Les Romains n'avaient pas de machines volantes, non ?

Jeff fit un effort de mémoire. Ils avaient étudié la Rome antique avec Mlle Spatchull, en sixième. Il ne se souvenait pas qu'elle ait dit qu'ils volaient, mais il avait peut-être manqué ce cours-là.

— Tu crois qu'il serait plus récent que ça ? demanda-t-il en regardant l'appareil. Il n'a pas l'air moderne. Il fait plutôt vieux… très vieux.

Sans savoir pourquoi, Tom partageait cet avis. Il tendit la main pour tâter une bosse à l'arrière où une grande partie de l'empennage métallique était tordue et décolorée.

— C'est nous qui avons fait ça ?

Jeff secoua la tête.

— Ça y était déjà quand nous sommes montés dedans. Allez, viens.

Il posa un pied sur l'aile de l'*Aquila*, se hissa à l'intérieur et se rassit sur son siège.

— Je pense qu'on devrait raconter à M. Urquart qu'une tornade a emporté notre formulaire, que nous sommes partis à sa poursuite, et que… Tu attends quoi ?

Tom le regardait sans comprendre.

— Qu'est-ce que tu fais ?

— Nous devons rentrer, répliqua Jeff en finissant de s'installer. Nous avons déjà raté le repas.

— Tu veux retourner là-bas en volant ?

— Pourquoi pas ? demanda Jeff avec un grand sourire. Oh ! Seigneur ! La tête que vont faire les autres en voyant ça…

Tom hésitait.

— Allez, l'encouragea Jeff. Viens, ça va être génial.

— Ouais… bougonna Tom en montant lentement à bord de l'*Aquila*. Génial.

— Bon, commença Mlle Taylor. Où étaient-ils censés aller exactement ?

— Par là, répondit M. Urquart en posant son doigt sur la carte. Ils devaient suivre la route marquée en vert. Il s'agissait d'un exercice de lecture de carte, voyez-vous, et je leur demandais…

— Si vous les avez envoyés par là, ils sont certainement partis par ici, dit Mlle Taylor en montrant la direction opposée. Qu'y a-t-il de ce côté ?

— Une carrière.

— Une carrière ?

— Et d'anciennes mines de plomb, ajouta M. Urquart, en déglutissant péniblement. Et des grottes. Il y en a beaucoup par ici. C'est ce qui rend cette région si intéressante, géographiquement…

— Très bien. (Mlle Taylor se leva et se tourna vers les enfants d'un air résolu.) Écoutez-moi tous. Votre attention, s'il vous plaît ! Vous savez que deux élèves ont disparu. Je pars à leur recherche. Mais auparavant, je tiens à vous avertir que si jamais d'autres s'amusent à se perdre cet après-midi, ils rentreront tirés par les pieds derrière le car. Compris ? Très bien, ce sera tout.

— Vous ne pensez pas qu'ils aient rencontré des problèmes, n'est-ce pas ? demanda M. Urquart.

— En tout cas, ils en auront quand on les retrouvera, marmonna-t-elle en prenant la carte.

Et elle disparut à grands pas sous les arbres, le visage impassible.

Le vol de retour se fit sans problème. Ils restèrent à faible hauteur, ce qui était beaucoup moins effrayant qu'à l'aller. Tom trouva même cette expérience extraordinaire. Il avait l'impression d'être un oiseau, sans avoir le souci de penser à battre des ailes. Et l'*Aquila* volait dans un silence absolu.

Un couple de vaches les regarda passer d'un œil indifférent au-dessus de son champ tandis que, dans celui d'à côté, le troupeau de moutons détalait à la seule vue de leur ombre. Ils saluèrent deux cyclistes qu'ils survolèrent en chemin et éclatèrent de rire en voyant l'un d'eux tomber de stupeur.

Et quand, enfin, ils arrivèrent au-dessus de la carrière qu'ils avaient quittée si brutalement une heure auparavant, Tom voulut piloter à son tour, avant de revenir au car. Cette machine était tellement incroyable !

— Quel dommage qu'on ne puisse pas la garder ! déclara-t-il.

— Pourquoi pas ? demanda Jeff en se penchant pour ramasser le sac que Tom avait laissé au bord de la carrière.

— Eh bien… c'est impossible… voyons. (La raison en était tellement évidente que Tom n'arrivait pas à trouver les mots pour l'exprimer.) Elle n'est pas à nous, pour commencer.

— Si. C'est nous qui l'avons trouvée.

— Elle ne nous appartient pas pour autant.

— Nous connaissons son propriétaire, répliqua Jeff en montrant le fond de la carrière. Et il n'en veut plus.

— Ça ne change rien ! Réfléchis un peu, Jeff. Ta mère ne te permet déjà pas de circuler en bicyclette dans la rue, alors elle ne te laissera jamais voler au-dessus de la ville dans un engin pareil ! Crois-tu vraiment qu'on va nous laisser faire ?

Ils survolaient la caverne. Au-dessous d'eux, le soldat romain continuait à regarder fixement devant lui, comme il le faisait depuis plus de quinze siècles.

— Alors on va leur donner cet appareil… on ne le reverra plus jamais ?

— Je ne pense pas.

— Ils vont l'emporter…

— Oui.

— Nous ne pourrons plus jamais le faire voler.

— Non.

— Ni savoir à quoi servent les autres boutons.

— Non.

— Non…

Il y eut un long silence tandis qu'une idée germait lentement dans le cerveau de Jeff. Une idée très simple.

— Voilà ce qu'on va faire… commença-t-il.

Mlle Taylor revenait vers le château en fulminant. Elle avait passé trois quarts d'heure à ratisser les bois en appelant les deux garçons : en vain. Elle était prête à écorcher vif le premier élève qui se mettrait en travers de son chemin.

— Ils sont là ! cria M. Urquart en venant à sa rencontre. Ils sont revenus depuis dix minutes.

— Parfait. (Mlle Taylor plissa des yeux.) Qu'on me donne deux couteaux de sacrifice et une pierre à aiguiser…

— Je préfère vous avertir qu'ils sont peut-être un peu traumatisés. Ils viennent de vivre des moments assez pénibles.

— Ce n'est rien à côté de ce qui les attend… (Mlle Taylor s'arrêta.) Pourquoi ? Que s'est-il passé ?

— Ils ont trouvé un corps. Un squelette. J'espère que ce choc ne leur laissera pas trop de séquelles.

Mlle Taylor leva les yeux vers la colline où les deux garçons étaient le centre d'attraction de leurs camarades de classe. Tom tenait un crâne dont Jeff manipulait la mâchoire inférieure en racontant une histoire de Toto à la façon d'un ventriloque avec son pantin.

Elle se précipita vers eux en repoussant brutalement les enfants sur son passage.

— Donnez-moi ça, ordonna-t-elle en tendant la main.

Au moment où Jeff lui remit le crâne, une énorme araignée sortit de l'une des orbites. Une élève de troisième s'évanouit.

— Aidez-la à se relever, soupira Mlle Taylor. Et pourriez-vous appeler la police, Graham ? ajouta-t-elle en se tournant vers M. Urquart. Quant à vous, dit-elle aux deux garçons, vous feriez bien de me montrer où vous avez trouvé ça !

C'est fou le monde qui peut se déplacer pour un tas d'os, pensait Jeff en contemplant les quatorze véhicules et la bonne trentaine de personnes rassemblées au pied de la carrière.

Il y avait quatre policiers et deux voitures de patrouille, une ambulance avec une infirmière et deux secouristes, un médecin et sa femme, la Land Rover et les deux voitures qui avaient amené l'équipe de cinq archéologues envoyés par le Service archéologique du comté. Plus une autre Land Rover qui appartenait au fermier propriétaire du terrain, la fourgonnette du représentant de la Protection des espèces sauvages et une Mini dans laquelle avaient réussi à s'entasser, Dieu seul savait comment, six malabars des secours spéléologiques.

Le docteur Warner, la responsable de l'équipe de recherche archéologique, qui portait des cheveux courts et un anneau d'argent dans le nez, ressortit de la grotte en secouant la poussière de ses vêtements, déjà douteux avant cette exploration.

— Il s'agit bien d'un Romain, annonça-t-elle. Sans doute de la fin du IIIe siècle, ou du début du IVe. C'est difficile à dire pour le moment, mais ça fait au moins quinze cents ans qu'il est là.

— Vous avez une idée de ce qui a causé sa mort ? demanda quelqu'un.

— Non, pas la moindre, répondit-elle en secouant la tête. Les amphores de vin cypriote n'y sont peut-être pas étrangères. À moins qu'il n'ait été empoisonné par les habitants du pays. (Elle marqua une pause.) Le corps a été emmuré lorsque le toit de la caverne s'est effondré mais il est impossible de dire quand ça s'est passé.

— Donc vous ne savez pas ce qu'il faisait là ? interrogea Jeff.

— Non. (L'archéologue regarda pensivement le squelette.) Il est loin de l'entrée de la grotte, c'est curieux. Et en armure…

— Les Romains ne possédaient aucune machine, n'est-ce pas ? demanda Tom qui rougit en voyant les regards se tourner vers lui. Comment a-t-il fait pour descendre tout ce vin ?

Pendant que le docteur Warner expliquait à Tom que la société romaine était basée sur l'esclavage et non sur la technologie, Mlle Taylor observait les deux garçons avec intérêt. Leur comportement lui semblait bizarre.

— Ils posent beaucoup de questions, vous ne trouvez pas ? fit remarquer M. Urquart, qui se tenait debout derrière elle.

— Pardon ?

— Ils n'arrêtent pas d'interroger l'archéologue. Ce n'est guère dans leurs habitudes, si je ne me trompe...

C'était ça ! Tom et Jeff ne posaient jamais aucune question. Ils étaient passés maîtres dans l'art de se faire oublier au fond de la classe sans jamais attirer l'attention.

— On croirait que ça les... intéresse, continua M. Urquart. Je ne les avais jamais vus ainsi.

— Non, confirma Mlle Taylor. Moi non plus.

Lorsque le car de l'école quitta le parking du parc national, Tom et Jeff, assis au fond, regardaient attentivement par la fenêtre pendant que le véhicule regagnait la grand-route de Stavely.

M. Urquart, assis à l'avant, les observait dans le rétroviseur, en se disant, une fois de plus, qu'ils formaient vraiment un couple bizarre. Ils étaient si différents, autant par leur allure que dans leur comportement, et pourtant ils étaient inséparables. De l'avis de tout le monde, une amitié très étonnante.

Il aurait été encore plus perplexe s'il avait su ce qui préoccupait les deux complices. Ils ne disaient mot mais tous deux regardaient intensément une grange isolée à peine visible en haut d'une colline, sur la droite.

C'était une grange ordinaire, ouverte sur les côtés, comme celles qu'utilisent les fermiers pour entreposer leurs balles de foin pendant l'hiver, et ils avaient méticuleusement noté son emplacement sur la carte de Tom, étalée sur leurs genoux. Si M. Urquart l'avait vue, il aurait été impressionné par le soin qu'avait pris le garçon à indiquer sa position exacte, et la façon dont les deux amis vérifiaient l'exactitude de leur relevé.

Tom et Jeff voulaient être sûrs de la retrouver quand ils reviendraient.

3

— D'après moi, commença Jeff, en poussant la porte de la bibliothèque du collège, nous avons deux problèmes à résoudre. D'abord, trouver un moyen de retourner là-bas pour ramener la machine, et, ensuite, dénicher ici un endroit pour la cacher.

Tom suivit son ami en pensant que leurs soucis risquaient de ne pas se limiter là, mais il préféra se taire. Ceux que Jeff avait évoqués étaient déjà suffisamment prenants.

C'était M. Urquart qui assurait ce jour-là la permanence et enregistrait les livres que les élèves empruntaient. Il dévisagea les deux garçons d'un air étonné. Il ne les avait jamais vus à la bibliothèque, et si Mlle Taylor disait vrai, ils ne savaient même pas lire.

— Est-ce que vous avez des cartes ? demanda Jeff.

— Des cartes ?... (M. Urquart, cachant sa surprise, se leva.) Je pense que oui. Si vous voulez bien me suivre.

Et il les conduisit vers la section documentation. Quand il revint à son bureau, Mlle Taylor l'attendait.

— Qu'est-ce qu'ils fichent là ? s'enquit-elle à voix basse en leur jetant un regard soupçonneux.

— Ils voulaient une carte de la route que nous avons prise hier, expliqua M. Urquart. Je me demande s'ils n'auraient pas l'intention de retourner là-bas.

— À la grotte ?

— Oui. C'est assez encourageant, vous ne trouvez pas ? poursuivit-il joyeusement en regardant les deux amis qui consultaient attentivement le *Guide des routes de Grande-Bretagne*. Apparemment, cette histoire a frappé leur imagination.

Mlle Taylor ne répondit pas. Les yeux plissés, elle continuait à les dévisager fixement.

— Je me demande pourquoi ils sont toujours ensemble, murmura M. Urquart. Ils n'ont vraiment rien en commun.

— Avez-vous quelque chose de prévu samedi prochain ?

— Pardon ? demanda M. Urquart en clignant des yeux.

— Ce samedi qui vient, répéta la sous-directrice. Ne deviez-vous pas retourner au parc national vérifier qu'il n'y avait aucune carrière près de l'endroit prévu pour la prochaine sortie ?

— Si. Seulement je pensais que…

— Si vous y alliez samedi, vous pourriez les emmener avec vous, non ? Et les surveiller par la même occasion. Voir ce qu'ils mijotent.

— Vous croyez qu'ils préparent quelque chose ?

— Je le sens. Et j'aimerais bien savoir ce que c'est. (Elle s'interrompit le temps de confisquer le baladeur d'une élève de seize ans.) Et d'ailleurs vous vous trompez complètement.

M. Urquart la regarda sans comprendre.

— À leur sujet, ajouta-t-elle avec un signe de tête dans la direction de Tom et Jeff. Ils ont un point commun.

— Ah bon ?

— Ils sont tous les deux derniers de la classe. Depuis toujours. Même à l'école primaire. (Mlle Taylor posa une main grassouillette sur l'épaule du professeur.) Et croyez-moi, cela crée de sacrés liens.

Tom mesura soigneusement la distance avec sa règle, ce qui ne fit que confirmer ce qu'il soupçonnait déjà.

— Impossible, lâcha-t-il. C'est trop loin.

D'après la carte, il y avait près de quatre-vingts kilomètres entre Stavely et la grange où ils avaient laissé l'*Aquila*. Ils ne pourraient jamais parcourir une telle distance à bicyclette en un après-midi.

— Eh bien… il ne nous reste plus qu'à trouver une autre solution, soupira Jeff qui se renfonça dans son siège en levant les yeux au ciel.

— Il n'y en a pas, affirma Tom. C'est le seul moyen. Nous avons tout étudié.

Il avait raison. Ils n'avaient pensé à la bicyclette qu'en dernier recours. La veille au soir, Jeff avait demandé à ses parents s'ils ne pourraient pas le conduire là-bas. La réponse avait été négative. M. et Mme Reynolds possédaient un magasin de journaux ouvert douze heures par jour et sept jours sur sept, et ils n'avaient tout simplement pas le temps.

Il ne fallait pas compter non plus sur la mère de Tom. Mme Baxter souffrait d'agoraphobie, une maladie qui se traduit par la peur des espaces découverts, et Mme Baxter était incapable de sortir de chez elle.

Jeff avait appelé les chemins de fer, hélas ! aucune voie ne traversait les parc nationaux. L'employé de la gare routière lui avait dit que l'arrêt de car le plus proche se trouvait à dix kilomètres de l'endroit où il voulait se rendre. Il ne restait que la bicyclette.

Jeff se creusait toujours les méninges lorsqu'il releva la tête et vit M. Urquart debout devant lui.

— Je ne sais pas si ça vous intéresse, commença ce dernier, mais je dois retourner au parc national, samedi, et si vous voulez venir avec moi…

Il s'arrêta, légèrement embarrassé par la façon dont les deux garçons le dévisageaient fixement.

— Ce n'est pas du tout une obligation, s'empressa-t-il d'ajouter. C'est juste… si le cœur vous en dit.

— Je crois que ça nous intéresse, déclara Jeff.

Et un sourire de triomphe s'étala sur son visage tandis que M. Urquart regagnait son bureau.

— Voilà ! Notre problème est résolu !

Tom souligna aussitôt qu'il restait encore une difficulté.

— Il faudra le mettre au courant, alors ?

— Qui ?

— M. Urquart. S'il nous emmène là-bas, il serait logique qu'il nous ramène.

— Et alors ?

— Eh bien, si nous voulons rentrer avec l'*Aquila*, on devra lui fournir une explication, non ?

Jeff réfléchit. Tom avait raison.

Comment faire ?

Jeff retourna la question dans tous les sens pendant l'après-midi. Il y pensa pendant le cours d'histoire de Mlle Poulson sur la Première Guerre mondiale, puis pendant le cours de maths de M. Duncan. Rien de ce que dirent les deux professeurs ne vint perturber le cours de ses pensées. Et la solution lui apparut enfin alors qu'il rentrait chez lui. C'était un plan très astucieux, et si Mlle Poulson ou M. Duncan en avaient eu connaissance, ils auraient eu du mal à croire que Jeff en était l'auteur.

— Suppose qu'un seul d'entre nous parte avec M. Urquart samedi, expliqua-t-il, alors qu'ils arrivaient dans la rue où Tom habitait. Et que l'autre reste ici.

Tom répondit par un grognement. Il regardait une pierre qu'il avait trouvée sur la route juste devant le portail du collège. Il était pratiquement sûr qu'il s'agissait d'un morceau de fluorine.

— Ensuite, à l'heure du déjeuner, celui qui l'accompagnera pourrait dire qu'il a envie de se promener et en profiter pour aller chercher l'*Aquila* dans la grange et revenir ici.

Si c'était de la fluorine, se dit Tom, elle était remarquablement pure. Le cristal était presque incolore.

— Ensuite nous repartirons là-bas tous les deux, celui qui aura accompagné le prof descendra et l'autre ramènera l'engin. T'as compris ? Personne ne s'apercevra de rien et l'*Aquila* sera en sécurité ici, conclut Jeff en montrant le garage au fond de l'allée de Tom. C'est la cachette idéale. Ta mère ne risque pas de le découvrir puisqu'elle ne sort jamais.

Tom dévisagea fixement son ami pendant que l'idée pénétrait lentement dans son cerveau. L'un des deux partirait avec leur professeur. Puis il reviendrait avec l'*Aquila* à Stavely au milieu de la journée chercher l'autre. Et ils repartiraient à deux au parc national, puis le second ramènerait l'*Aquila* à Stavely…

— Non, dit Tom en secouant la tête. Ça ne peut pas marcher.

— Comment ça ? Bien sûr que si ! Pourquoi ça ne marcherait pas ? Donne-moi une seule raison. (Jeff regarda son ami de plus près.) Tu n'as pas peur, au moins ?

Tom ne dit rien.

— Écoute, ça n'a rien d'effrayant, non ?

— Ah ben, dis donc ! s'exclama Tom. Tu trouves ça rassurant de faire quatre-vingts kilomètres avec une machine que nous avons trouvée au fond d'un trou et que nous n'avons pilotée que deux fois ?

— Oh, arrête ! protesta Jeff, un peu démonté par l'explosion de Tom. Ça vaut la peine, non ? Avoir un engin pareil juste à côté…

— Et s'il tombe en panne ? demanda Tom d'une voix qui monta encore d'un cran dans les aigus. Ou si on se perd ? Ou si je percute un arbre, par exemple, ou une petite colline, ou une grosse montagne ? Et si on se tue ? Ça vaudra encore la peine ?

— Il ne t'arrivera rien, le rassura Jeff en se rappelant que la seule fois où Tom avait pris les commandes, en allant à la grange, il était entré dans un mur. Je t'expliquerai tout, ajouta-t-il. C'est très facile, tu verras. J'ai appris en deux minutes.

— Il t'a suffi de deux minutes pour apprendre à nager. T'es comme ça. Moi je suis plutôt du genre à porter encore des brassards après deux ans de leçons, n'oublie pas.

Jeff dévisagea son ami. La dernière fois qu'il l'avait vu faire un blocage pareil, c'était le jour où il avait refusé de faire la descente de la mort au parc d'attractions.

— Écoute, il te suffira…

— Non. (Tom prit le chemin qui conduisait à la porte de derrière.) Je suis désolé. Je ne peux pas. Tu n'as qu'à trouver autre chose.

Et sans laisser à Jeff le temps de lui répondre, il entra chez lui et lui claqua la porte au nez.

Tom, assis dans sa chambre devant son bureau, refaisait les étiquettes de ses pierres. Il les collectionnait depuis tout petit. Sa mère disait qu'il avait commencé à trois ans, par un minuscule girasol trouvé sur la plage, à l'époque où ils partaient encore en vacances. Elle ne savait pas pourquoi, mais elle pensait que les pierres convenaient à son fils. Il y avait quelque chose dans le rythme de vie d'un morceau de granit qui semblait lui convenir.

Et c'est vrai que Tom se tournait toujours vers sa collection lorsqu'il avait un problème ou que la vie lui paraissait trop compliquée. Il éprouvait une certaine sécurité à tenir un morceau d'agate entre ses doigts, une sensation de stabilité et de paix à l'idée que la pierre avait cette forme depuis quatre millions d'années. Ça le rassurait.

Mais ce soir-là, Tom avait du mal à se concentrer sur ses minéraux. Il ne pouvait s'empêcher de penser à Jeff et à l'*Aquila*.

Il aurait bien voulu faire ce que son copain lui demandait. Et pas seulement par amitié. On ne trouvait pas tous les jours une merveille comme l'*Aquila*, il le savait, et plus l'engin restait dans la grange plus il risquait d'être découvert.

L'idée de Jeff était excellente. Tom aurait voulu la réaliser, cela lui aurait même plu… Mais quand Jeff lui avait demandé s'il avait peur, il était à des lieues de la réalité. C'était un terme bien faible pour décrire le mal de ventre et le vertige qui l'avaient saisi à l'idée de piloter l'*Aquila* tout seul. Il cherchait désespérément un autre moyen de ramener le vaisseau. En vain. Hélas.

Sa mère apparut sur le seuil de sa chambre avec une assiette de petits gâteaux et un bol de chocolat chaud. Mme Baxter était une petite femme nerveuse à l'air continuellement angoissé. Beaucoup de choses la tourmentaient. Cependant, à cet instant précis, c'était Tom qui la préoccupait. Elle craignait de l'avoir contrarié en refusant de le conduire à la grotte du centurion. Cela l'avait tracassée toute la journée.

— Je suis désolée pour samedi, lui dit-elle. Mais tu comprends, n'est-ce pas ?

— Oui, bien sûr, répondit Tom en prenant le bol. C'est pas grave. M. Urquart a dit qu'il nous emmènerait.

— Ton professeur de géographie ?

Tom hocha la tête.

— J'ai changé d'avis, de toute façon. Je n'ai plus envie d'y aller.

Mme Baxter prit un air encore plus contrarié, si c'était possible.

— C'est ma faute, n'est-ce pas ? Tu irais si je t'emmenais, et c'est à moi de le faire. Je suis ta mère.

— Mais non, c'est pas grave, répéta Tom. Vraiment. C'est très bien comme ça.

— Si, c'est grave, gémit Mme Baxter qui se mit à renifler en sortant un mouchoir de sa poche. C'est si bon de suivre ses envies. Quelle bêtise de se priver d'un plaisir parce qu'on a peur ! C'est aussi stupide que navrant. (Elle se moucha bruyamment.) N'oublie pas de redescendre ton bol quand tu auras terminé.

Elle prit le plateau vide et repartit.

Tom garda les yeux fixés sur la porte un long moment après son départ. Puis, lentement, il prit son téléphone portable et composa un numéro.

Ce fut Mme Reynolds qui décrocha. Elle lui apprit que Jeff était parti se promener et demanda si elle pouvait prendre un message.

— Pouvez-vous lui dire que j'ai changé d'avis ? C'est d'accord pour samedi. Il comprendra.

Il raccrocha, sortit un cahier et un stylo et commença à écrire. Il décrivit exactement comment ils avaient trouvé l'*Aquila* et la façon dont ils avaient l'intention de le ramener chez eux.

S'il se tuait samedi, ce dont il était pratiquement certain, c'était la moindre des choses que sa mère connaisse la vérité.

4

Mlle Poulson, le professeur d'histoire, parlait des difficultés de la guerre des tranchées et commençait à expliquer l'importance de la reconnaissance aérienne, lorsqu'elle s'arrêta net. Elle venait de voir Jeff lever le doigt.

— Pourriez-vous nous expliquer comment les pilotes trouvaient leur chemin à cette époque ? demanda-t-il. Quand il n'y avait ni radars ni tous ces trucs-là.

Pendant quelques instants, Mlle Poulson fut trop stupéfaite pour répondre. Elle n'aurait pas été plus surprise si le radiateur s'était décroché du mur en annonçant qu'il partait s'installer ailleurs. Jeff ne prenait jamais la parole en classe, à moins qu'on ne l'interroge, et encore, pas toujours.

— Pardon ? bafouilla-t-elle.

— Comment pouvaient-ils se diriger ? répéta patiemment Jeff. Les pilotes. Sans instruments de navigation.

Mlle Poulson, reprenant aussitôt ses esprits, donna à la classe un bref aperçu des méthodes d'orientation employées aux débuts de l'aviation.

— Ils se guidaient aux reliefs et aux paysages naturels. Avec une carte et une boussole, ils pouvaient suivre les routes, les rivières et les voies ferrées. Ils se servaient de repères comme les églises et les châteaux et, bien sûr, s'ils se perdaient, ils pouvaient toujours atterrir dans un champ et chercher un panneau, par exemple. L'as de l'aviation von Richtofen disait d'ailleurs qu'avec une carte et une boussole il était finalement plus facile de s'orienter dans les airs que sur terre.

Elle avait été très touchée, comme elle le raconta ensuite à ses collègues, de voir combien Jeff semblait reconnaissant de cette information, et Tom lui avait même demandé de parler plus lentement pour qu'il ait le temps de prendre des notes.

M. Urquart, qui faisait partie du petit cercle qui s'était formé dans la salle des professeurs pour entendre cette histoire incroyable, décida d'en parler à Mlle Taylor.

Il avait comme l'impression que ça l'intéresserait.

En rentrant chez eux après l'école, les garçons achetèrent une boussole et un *Grand Atlas routier de Grande-Bretagne*. Puis ils s'installèrent dans la chambre de Tom, et commencèrent à étudier soigneusement leur route.

— C'est le dernier tronçon qui sera le plus dangereux, commença Jeff. Quand il faudra descendre se poser dans ton jardin. C'est là que nous courrons le plus de risques de nous faire voir. Il faudra donc agir très vite. Je crois qu'il vaudrait mieux que ce soit moi qui pilote. (Il prit un autre biscuit dans l'assiette que Mme Baxter avait apportée.) Il vaut mieux que tu accompagnes M. Urquart et que tu te charges de la première étape.

— Tu crois ? Tout seul ?

Tom n'avait pas beaucoup dormi la nuit précédente. Il était pâle et un tic nerveux contractait un petit muscle juste sous son œil droit.

— Ce serait la meilleure solution, répondit Jeff sans cesser d'étudier la carte. Et si jamais tu as un problème de navigation, tu pourras toujours descendre consulter un panneau indicateur.

Jeff, quant à lui, en aurait été incapable. Comme Mlle Taylor le pensait à juste titre, il ne savait pas lire. Il faisait partie de ces infortunés qui devant un mot comme poule lisent parfois loupe ou même boule mais jamais le mot exact. L'apprentissage de la lecture demande à ces enfants des efforts surhumains. Jeff avait abandonné depuis longtemps.

— Demain, nous irons chercher un coin tranquille en dehors de la ville où nous pourrons nous retrouver. Dans les champs derrière la gare, par exemple.

Jeff prit un autre gâteau et s'aperçut que c'était le dernier et que Tom n'en avait mangé aucun.

— Je n'ai pas faim, dit Tom. Termine.

— Tu es sûr que tu te sens bien ?

— Parfaitement, répliqua Tom en hochant la tête avec véhémence. Tout va très bien.

Un tic contracta deux fois sa joue.

— Tu sais, tu peux encore changer d'avis.

— Pas question. (La moitié du visage de Tom qui ne se contractait pas nerveusement fit un bon sourire.) Non, non. J'ai hâte d'y être. Quelle… aventure !

Mme Baxter arriva au même moment et dit à Jeff qu'il était temps de rentrer chez lui. Elle voulait que Tom se couche de bonne heure. Elle trouvait qu'il dormait mal ces derniers temps.

Le vendredi, ils rassemblèrent toutes les affaires dont Tom aurait besoin pour son voyage. Ils mirent dans un sac à dos l'atlas routier, la boussole, le téléphone portable, une trousse de secours prise dans la pharmacie de Tom, du chocolat et un morceau de corde pour empêcher le pilote de tomber de son siège.

Les deux garçons avaient étudié la route à suivre, ils la connaissaient par cœur dans les deux sens, puisqu'ils auraient à faire l'aller et le retour. Puis, après l'école, ils prirent leurs bicyclettes pour repérer l'endroit exact où Jeff attendrait que Tom vienne le chercher, dans un champ derrière la gare.

Quand Tom rentra chez lui ce soir-là, son tic avait pris une telle ampleur qu'il eut du mal à boire son chocolat sans en renverser. Mme Baxter, très ennuyée, lui demanda s'il était malade. Il répondit qu'il ne s'était jamais senti aussi bien, mais le samedi matin quand M. Urquart vint le chercher, en plus de son tic, il bégayait.

— Franchement, il m'inquiète beaucoup, avoua Mme Baxter. Je lui ai proposé de rester au lit, mais il refuse de m'écouter. Il se fait une telle joie de partir avec vous !

— Je vais t-très b-bien, bégaya Tom. V-vraiment. Je suis en p-pleine forme.

— Peut-être qu'il a attrapé la même chose que Jeff Reynolds, suggéra M. Urquart. Il m'a appelé ce matin pour me prévenir qu'il ne pouvait pas venir. Il souffre de problèmes intestinaux.

— Tu ferais mieux de rester ici, conseilla Mme Baxter en regardant son fils d'un air hésitant.

Tu n'as pas pris de petit déjeuner et tu as une mine affreuse.

— Je vais bien ! insista Tom. Tu ne p-peux pas me garder aujourd'hui à la maison. C'est imp-p-possible.

M. Urquart était très impressionné par sa détermination.

— Ne vous inquiétez pas, madame Baxter, dit-il avec un sourire rassurant. S'il a le moindre problème, je vous le ramène tout de suite. Allez, viens, ajouta-t-il en se tournant vers Tom. On y va.

Tom ramassa son sac et suivit le professeur, la tête agitée de tremblements spasmodiques.

Mme Baxter, bien évidemment, ne les accompagna pas à la voiture. Elle leur fit au revoir de la main depuis la fenêtre.

La carrière avait bien changé depuis la chute de Tom et Jeff. Les broussailles avaient été déblayées. Des pieux et des rubans délimitaient le terrain en carrés bien nets. Tout un côté était occupé par des tentes, deux caravanes et des baraques de chantier. Et l'entrée de la grotte où ils avaient découvert le squelette était maintenant soutenue par un échafaudage recouvert de polyéthylène qui la protégeait des intempéries.

Le docteur Warner vint les accueillir à leur descente de voiture. Elle portait un gilet en jean qui laissait voir un tatouage sur chaque épaule, et elle avait changé de couleur de cheveux. Elle les reçut chaleureusement et tint à leur faire visiter personnellement les lieux.

Le squelette du Romain était étendu sous une tente, sur une table, son armure à côté de lui.

— Nous avons pu établir qu'il s'agissait d'un centurion de la vingtième légion, expliqua-t-elle. Et les pièces de monnaie que nous avons trouvées, ainsi que certains détails de l'armure, laissent penser qu'il a dû mourir vers la fin du IIIe siècle.

M. Urquart demanda si on avait la moindre idée de la façon dont il était mort.

— Il s'agit certainement d'un accident, dit le docteur Warner en tambourinant affectueusement le crâne du centurion. Je ne sais pas si vous avez remarqué le type de roche dans cette grotte…

— Du c-calcaire c-carbonifère, bredouilla Tom.

M. Urquart lui jeta un regard étrange tandis que le docteur Warner se contentait de l'approuver d'un signe de tête.

— Exactement. Il s'agissait en fait de l'entrée d'une mine de plomb, et à première vue, le soldat s'est trouvé là juste au moment où le plafond s'est effondré.

— Vous v-voulez dire qu'il est mort é-étouffé ?

Le docteur Warner hocha la tête.

— Ce qui est bizarre, c'est que la mine était abandonnée depuis plus d'un siècle. On se demande ce que notre homme venait faire ici.

— Peut-être qu'il cachait quelque chose, hasarda M. Urquart.

— Si c'était le cas, nous l'aurions déjà trouvé, répondit le docteur Warner en les conduisant vers une autre table. Voilà tout ce que nous avons ramené à la surface jusqu'à présent.

Elle leur montra une collection d'amphores qui avaient contenu, leur expliqua-t-elle, des vins de tous les coins de l'Empire.

— Et il y avait cette chose également, ajouta-t-elle en prenant au bout de la table un assortiment de sangles de cuir réunies par des boucles et des broches. Nous ne savons pas exactement ce que c'est, mais on dirait un harnais de sécurité. Comme celui qu'aurait mis un pilote romain pour ne pas tomber de son jet en faisant des loopings.

M. Urquart fut le premier à comprendre qu'elle plaisantait et rit poliment.

— L'inscription est bien lisible, continua le docteur Warner en passant ses doigts sur les lettres gravées sur une des sangles. « *Licat volare si super tergum aquila volat.* »

— *Aquila* ? (Tom leva la tête.) Q-qu'est-ce que ça veut dire ?

— Aigle, expliqua le docteur Warner. C'est un vieux proverbe latin. « Un homme peut aller où il veut quand il vole sur le dos d'un aigle. » Maintenant... dit-elle en reposant le harnais, que diriez-vous de déjeuner ? Ensuite je vous montrerai la grotte.

M. Urquart regarda sa montre et s'excusa en disant qu'il n'avait pas le temps de manger. Comme il l'avait expliqué aux garçons, il devait trouver un autre endroit pour sa prochaine sortie.

— Je reviens vers deux heures, annonça-t-il à Tom. Tu es sûr que tout ira bien d'ici là ?

— Oui, oui, répondit Tom, le visage déformé par les tics. P-pas de p-problèmes.

Dès que M. Urquart fut parti, Tom demanda au docteur Warner la permission d'aller faire un tour. Qu'aurait-il fait si elle avait refusé ? Il l'ignorait. Heureusement, elle accepta.

— Bien sûr, vas-y. Mais sois prudent. Les gens ont tendance à tomber dans des trous par ici.

L'*Aquila* était toujours là.

Tom écarta délicatement les balles de foin qui le recouvraient et monta. Il s'assit et regarda les lumières revenir à la vie.

Il ouvrit son sac à dos, prit la corde, la passa sous son siège puis autour de sa taille, et la noua fermement. Enfin il sortit la boussole, l'atlas routier, le téléphone, un petit morceau de papier et un rouleau de Scotch.

Le papier représentait les quatre lumières bleues en forme de fleur, et Tom avait écrit sur chaque pétale l'indication de sa fonction: « Avant », « Arrière », « Haut », « Bas ». Le garçon colla le schéma sur le tableau de bord. Il garda la boussole sur ses genoux et mit l'atlas routier et le téléphone sur le siège à côté.

Il se pencha prudemment, posa le bout de son doigt sur le bouton de marche avant et l'enfonça doucement. L'*Aquila* démarra, aussi léger qu'une plume, et sortit de la grange.

Les collines et les pâturages s'étalaient devant lui, mais Tom n'était pas d'humeur à admirer le paysage. Il devait maintenant prendre de l'altitude. Il posa le doigt sur le bouton « Haut » et appuya. L'*Aquila* s'éleva silencieusement dans le ciel, sans que le garçon ressente la moindre sensation de mouvement. S'il avait eu les yeux clos, il n'aurait pas eu l'impression de bouger, mais, lorsqu'il se pencha pour regarder en bas, il vit un tracteur de la taille d'un confetti traverser un champ.

— Vole haut, lui avait conseillé Jeff. Quand les voitures auront la taille de petits points, tu ne paraîtras pas plus grand qu'elles, vu d'en bas.

Il était suffisamment haut. Tom prit la boussole et tira sur la manette droite pour faire tourner l'*Aquila*. Et, au moment de pousser à nouveau sur le bouton avant, il fit alors une constatation des plus surprenantes.

Il n'avait plus peur du tout.

Ce fut un vol presque parfait. Il était parti depuis quelques minutes à peine lorsqu'il aperçut son premier repère, le ruban à six voies de l'autoroute, droit devant lui. Quand il arriva au-dessus, il ralentit, orienta l'*Aquila* vers la gauche et remonta la route vers le nord jusqu'à ce qu'il aperçoive le dessin caractéristique d'un croisement. Il s'arrêta à nouveau, tourna vers l'est et suivit ce qui était, d'après la carte de l'atlas, la A 617 jusqu'à Southwell.

Il survola une grande ville. Toujours d'après la carte, ce devait être Mansfield. Peu après, la forêt de Sherwood apparut juste là où il l'attendait, puis il vit la voie ferrée, qui coupait le paysage aussi nettement qu'un trait sur une feuille de papier. Un train de marchandises se dirigeait vers le nord et Tom vira pour le suivre sur la vingtaine de kilomètres qui le séparaient de chez lui.

Sa seule erreur fut de vouloir vérifier sa position. Il fit descendre l'*Aquila* jusqu'à un croisement pour lire les panneaux indicateurs et, effectivement, Stavely n'était plus qu'à une dizaine de kilomètres.

Il s'apprêtait à reprendre de l'altitude lorsqu'il entendit le bruit d'une voiture. Ne voulant pas se faire voir, Tom enfonça précipitamment le bouton « Haut ». Hélas, il accrocha en même temps celui de la marche arrière et l'*Aquila* décolla en arrière en décrivant un arc de quarante-cinq degrés, arrachant sur son passage des fils téléphoniques et trois pylônes qui restèrent suspendus à l'arrière du vaisseau. Ils ne se décrochèrent que cent cinquante mètres plus haut, pour retomber vers le sol telle une volée de flèches. Tom, penché par-dessus l'aile, vit qu'heureusement ils finissaient leur course dans les arbres, épargnant la route.

Deux minutes plus tard, il posait l'*Aquila* dans un champ, derrière la gare de Stavely où un Jeff admiratif l'attendait.

— Génial ! Tu as réussi ! s'exclama-t-il en lui donnant une bourrade. Tu n'as pas eu de problèmes ?

— Non, répondit Tom. Aucun.

Ce fut Jeff qui prit les commandes pour le vol de retour pendant que Tom le guidait grâce à la carte. Ils suivirent la voie de chemin de fer vers le sud, en direction du château de Penton, puis obliquèrent à droite. Ils survolèrent ensuite la route qui traversait la forêt de Sherwood et Mansfield, rejoignirent l'autoroute, tournèrent à nouveau vers le sud, puis finalement plein ouest, ce qui les ramena au parc national. Quand Jeff déposa Tom devant la grange, ils constatèrent que le trajet leur avait pris un peu moins de douze minutes.

Dix minutes plus tard, Tom était de retour auprès du docteur Warner. Et quand M. Urquart revint, il trouva le garçon et l'archéologue sous la tente de la cantine en grande discussion sur la façon dont les Romains procédaient pour extraire le plomb du calcaire.

— Quel garçon intelligent ! s'écria la jeune femme en raccompagnant le professeur à sa voiture. Ce doit être intéressant d'avoir de tels élèves dans sa classe.

— Oui, c'est très… stimulant, répondit M. Urquart d'un ton hésitant. Je voudrais vous demander… vous n'avez pas eu trop de mal à le faire parler ?

— Du mal ! s'exclama le docteur Warner. Il n'a pas arrêté depuis qu'il est revenu de sa petite promenade. Sauf pour manger, bien sûr. (Elle jeta un regard vers la tente où Tom terminait ce qui devait être sa quatrième pizza.) J'avais oublié ce qu'ils peuvent avaler à cet âge-là !

— De quoi vous a-t-il parlé ?

— De toutes sortes de choses. Il m'a d'abord posé des tas de questions sur la technologie des Romains. S'ils connaissaient l'électricité et des questions de ce genre. Ensuite, je ne sais plus pourquoi, nous avons parlé d'aviation. Mais notre discussion a surtout porté sur les pierres, évidemment. C'est rare d'en savoir autant en géologie à cet âge, affirma-t-elle en hochant la tête d'un air admiratif. Il m'a stupéfiée.

— Oui, acquiesça M. Urquart d'un ton pensif. Vous n'êtes pas la seule. Je vous suis vraiment très reconnaissant.

— Mais de quoi ?

— Eh bien, cette visite lui a visiblement fait beaucoup de bien.

M. Urquart regarda Tom venir vers la voiture. Il avait un large sourire, plus aucun tic et son bégaiement aussi semblait avoir disparu.

— Vous êtes sûre qu'il n'y a rien eu d'autre ?

— Nous avons parlé et mangé, ajouta le docteur Warner. Je vous promets que c'est tout ce qu'il a fait depuis son arrivée.

M. Urquart la remercia à nouveau, et monta dans sa voiture en se demandant ce qu'il pourrait bien raconter à Mlle Taylor.

Quand Tom rentra chez lui, Mme Baxter lui annonça que Jeff l'attendait dans le garage.

— Ça fait des heures qu'il guette ton retour. Il veut sans doute te montrer quelque chose.

Tom trouva son ami assis dans le vaisseau. Il avait nettoyé la boue qui s'était agglutinée sur la coque au fond de la grotte. Et il avait soigneusement balayé la paille qui s'était introduite dans le cockpit pendant son séjour dans la grange.

Il avait aussi posé quelques autocollants sur les côtés et un à l'arrière qui disait : « Ma seconde voiture est une Ferrari. »

Il descendit en voyant Tom, et les deux garçons restèrent côte à côte quelques minutes à contempler l'*Aquila*.

— Tu es bien rentré ? finit par demander Tom. Personne ne t'a vu ?

— Je ne crois pas, dit Jeff en caressant l'avant bombé de l'*Aquila*, puis les lettres d'or. Je me demande pourquoi il s'appelle *Aquila*.

— Ça veut dire aigle.

— Aigle ?

Tom hocha la tête.

— « Un homme peut aller où il veut quand il vole sur le dos d'un aigle. »

— C'est trop vrai, murmura Jeff. Trop vrai.

5

La une du *Sunday Mirror,* le lendemain matin, fut un véritable choc pour les deux garçons.

Jeff aidait son père à ranger les journaux dans le magasin, lorsqu'il vit, sur la première page, les photos « exclusives » d'un Ovni, repéré à une dizaine de kilomètres au sud de Stavely. La forme de l'*Aquila* était tout à fait reconnaissable, ainsi que la silhouette de Tom à l'intérieur.

Il demanda à son père de lui lire l'article à haute voix entre deux clients. M. Reynolds croyait depuis longtemps aux extraterrestres et l'article ne fit que le conforter dans l'idée qu'il n'y avait rien de bon à en attendre.

D'après le reportage, un certain Brian Bovis, ornithologue amateur, avait vu une étrange machine descendre du ciel et s'arrêter au-dessus du carrefour, à la sortie de Halterworth. Caché au milieu des arbres, il avait précipitamment photographié le vaisseau au moment même où il repartait telle une fusée. Il en avait alors jailli un rayon d'énergie qui avait arraché plusieurs poteaux télégraphiques et les avait jetés sur lui, à l'évidence pour le tuer et l'empêcher de raconter ce qu'il avait vu.

D'autres photos, à l'intérieur du journal, montraient le pylône qui avait atterri à quelques centimètres de M. Bovis, et celui qui, cinquante mètres plus loin, avait embroché sa moto comme une saucisse à apéritif.

Les clichés de l'*Aquila* étaient assez flous car l'appareil de M. Bovis était malheureusement réglé pour prendre de gros plans d'une fauvette des haies qui nourrissait ses petits, et l'on distinguait seulement la petite tête et les gros yeux sombres de la créature étrange assise à l'intérieur.

— Je n'aimerais pas le rencontrer par une nuit sombre, déclara M. Reynolds en l'étudiant de près. Sale affaire !

Il rendit le journal à Jeff et partit servir un autre client. Après le petit déjeuner, Jeff alla le montrer à Tom.

— Tu ne m'as pas parlé de ces poteaux télégraphiques ni du rayon d'énergie, dit-il. Comment as-tu fait ton compte ?

Tom ne répondit rien. En fait, il avait lui aussi de mauvaises nouvelles. La police était venue chez lui, tôt dans la matinée, pour demander à

Mme Baxter si elle n'avait pas vu récemment des soucoupes volantes dans son jardin.

— Des soucoupes volantes ! s'était exclamée Mme Baxter, d'un ton encore plus angoissé que d'habitude. Que voulez-vous dire ?

— Plusieurs personnes auraient aperçu hier un objet bizarre dans le ciel, expliqua le sergent. Et quelqu'un nous a téléphoné pour nous signaler qu'il avait atterri sur votre pelouse.

— Tu veux dire qu'on m'a vu ? demanda Jeff quand Tom lui eut raconté.

— Oui, mais ce n'est pas très grave. Il s'agit de Mme Murphy.

C'était la vieille dame qui vivait seule à côté de chez Tom.

— Ils ont fait venir son médecin qui a dit que c'était peut-être un effet secondaire du nouveau médicament qu'elle prend pour sa dépression.

— Alors personne ne l'a crue ?

— Non. Mais il vaudrait mieux ne pas sortir l'*Aquila* pendant quelque temps. En tout cas, pas de jour.

Jeff, déçu, reconnut que ce serait plus raisonnable.

Pendant que Tom lisait l'article, Jeff s'amusait à faire monter, descendre, avancer et reculer l'*Aquila* dans le garage.

Le journal disait que les dégâts causés à la ligne télégraphique étaient estimés à plusieurs centaines de livres, et, quand Tom vit les photos, il ne put s'empêcher de penser à ce qui serait arrivé si les poteaux étaient retombés un peu plus à gauche...

— Je vais te dire... (Jeff retira son chewing-gum et le colla sur le tableau de bord.) Si on ne peut pas sortir, on pourrait au moins essayer de trouver à quoi servent tous ces boutons, déclara-t-il en montrant les lumières devant lui.

— Comment ?

— Eh bien, en appuyant dessus.

— Mais nous ne savons pas à quoi ils servent !

— Justement, répliqua patiemment Jeff. Comme ça on le saura.

— Ça pourrait être... dangereux.

Tom pensait encore à l'ornithologue qu'il avait manqué de peu, et le petit nerf sous son œil droit recommença à se contracter légèrement.

— Je suis sûr que tout ira bien, le rassura Jeff en haussant les épaules. Réfléchis, tu n'aurais pas fabriqué un engin pareil pour tuer les gens à son bord, non ?

— Je ne sais pas. Mais je... (Il s'arrêta.) On avance, non ?

Jeff se pencha et constata que l'*Aquila* avançait imperceptiblement vers la porte. Il regarda le tableau de bord et s'aperçut que son chewing-gum avait coulé sur le bouton de marche avant. Il l'enleva et dut se servir de son ongle pour remonter le bouton.

— Tu sais quoi ? On en essaie juste un. Un seul, ça ne devrait rien déclencher de grave, non ?

Tom n'était pas très convaincu.

— Juste pour voir ce que ça fait, suggéra Jeff en remettant son chewing-gum dans sa bouche. Tout ce qu'on risque c'est de mettre le chauffage en route ou un truc du genre. Celui-là n'a pas l'air méchant, déclara-t-il en montrant un petit voyant bleu à l'écart, dans un angle du tableau de bord. Essayons-le.

Et, avant que Tom ait pu prononcer un mot, Jeff enfonça le bouton.

Rien ne se passa.

Les garçons regardèrent autour d'eux, et Jeff appuya à nouveau. À part une légère odeur que Tom n'arrivait pas à identifier, rien n'avait changé. Il était à la fois soulagé et déçu.

— Bon, eh bien, je vais essayer celui-là, fit alors Jeff en enfonçant un gros disque jaune fluorescent au centre du tableau de bord.

— Tu avais promis un seul bouton !

— Un qui marche ! protesta Jeff. Je ne vois pas l'intérêt sinon. Où vas-tu ?

Tom descendait du vaisseau.

— Je suis désolé, déclara-t-il d'un ton catégorique. Si tu veux risquer ta vie, fais-le tout seul. Moi, je me mets à l'abri.

Il s'adossa au fond du garage, les bras croisés.

— Honnêtement, je ne vois pas ce qui t'inquiète, grommela Jeff en secouant la tête. Il ne se passera rien.

Il adressa un grand sourire à Tom, appuya du bout du doigt…

… et il disparut avec l'*Aquila.*

Tout en épluchant des pommes de terre devant l'évier de sa cuisine, Mme Baxter pensait à sa voisine, Mme Murphy. Elle était inquiète. La vieille dame n'était pas bien ces derniers temps. Elle était seule, elle avait du mal à marcher, et maintenant, elle voyait des soucoupes volantes atterrir dans son jardin.

Quelques années auparavant, quand Mme Baxter était venue habiter à Stavely, Mme Murphy l'avait gentiment aidée à franchir cette période difficile. Maintenant, c'était elle qui avait apparemment besoin de soutien. Mme Baxter aurait voulu lui rendre visite de temps en temps, lui proposer de faire ses courses, passer prendre le café et bavarder avec elle… mais c'était impossible.

L'agoraphobie de Mme Baxter avait commencé par de vagues réticences à sortir de chez elle. Elle avait découvert qu'elle détestait la foule, que les transports publics la rendaient nerveuse, et qu'il n'y avait que chez elle qu'elle se sentait bien et en sécurité. Et la situation n'avait fait qu'empirer si bien qu'il y avait trois ans qu'elle n'avait pas mis le nez dehors. Elle commandait tout ce dont elle avait besoin par correspondance ou par téléphone, et Tom allait chercher ce qui ne pouvait pas être livré. Cette organisation lui convenait parfaitement. Jusqu'à présent.

Enfin, elle pourrait au moins lui téléphoner, se dit-elle en posant la casserole de pommes de terre sur le feu. Elle pourrait prendre de ses nouvelles pour savoir exactement ce que le médecin avait dit. Elle tendait la main vers le téléphone lorsqu'elle vit la clôture en feu.

De grosses flammes léchaient la palissade au fond du jardin. Au même moment, Mme Baxter entendit une explosion sourde et vit l'abri de jardin de Mme Murphy, juste de l'autre côté de la barrière, se transformer en boule de feu.

D'un doigt tremblant, elle composa le 999 pour appeler les pompiers.

Dans le garage, tout était très calme. Tom regarda le vide autour de lui, l'estomac noué.

— Jeff, appela-t-il d'une toute petite voix. Que se passe-t-il ?

— Je ne comprends pas, répondit la voix désincarnée de son ami depuis le milieu de la pièce. Ce bouton est éclairé. Il doit bien servir à quelque chose.

Tom regarda autour de lui. La voix de Jeff semblait parfaitement normale mais il n'y avait pas de Jeff. Il n'y avait personne dans le garage à part lui.

— Jeff ? Tu es là ?

— Je vais encore essayer.

Et Jeff et l'*Aquila* réapparurent. Jeff, le doigt suspendu au-dessus du bouton jaune, regarda autour de lui d'un air déçu.

— C'est nul ! s'écria-t-il en appuyant à nouveau sur le bouton, ce qui le fit disparaître aussitôt. Je crois que je vais en essayer un autre.

— Jeff ! hurla Tom depuis le fond du garage. Je t'en supplie. Ne touche plus à rien !

Tom prit derrière lui une bêche qui était appuyée contre le mur et avança lentement.

— Qu-qu'est-ce que tu fais ? demanda Jeff d'une voix inquiète.

Sans répondre, Tom s'arrêta devant l'endroit où l'*Aquila* devait se trouver, leva la bêche et la laissa retomber. Elle s'arrêta à un mètre dans un bruit fracassant.

— Mais ça va pas ! Tu vas abîmer la peinture ! s'exclama Jeff en se levant.

Enfin, Tom pensait qu'il était debout. En fait, il ne voyait de son ami que la partie au-dessus de la taille. Au-dessous, ses jambes et l'*Aquila* restaient invisibles.

— Qu'est-ce qui te prend ?

Pour toute réponse, Tom tendit le doigt et Jeff suivi son regard. Il resta quelques instants figé de stupeur, puis il se pencha pour plonger la main dans le vide. Elle disparut. Puis il la releva et elle réapparut.

— Attends une seconde.

Jeff s'assit, disparut complètement et, un instant plus tard, l'*Aquila* et lui réapparurent tous les deux. Son doigt était suspendu au-dessus de la lumière jaune.

— Tu me vois, là ?

— Oui.

— Et là, je suis reparti ?

— Exact.

— Waouh ! (L'*Aquila* réapparut. Le visage de Jeff arborait un merveilleux sourire.) C'est… c'est cool ! Tu sais ce qu'on a là ?

Tom ne répondit pas. Il regardait pensivement la bêche qu'il tenait encore à la main. Au centre du métal, il y avait un petit trou d'environ deux centimètres de diamètre, et, à en juger par les gouttes fondues tout autour, il avait été fait par quelque chose d'extrêmement brûlant.

Il retourna au fond du garage, à l'endroit où la bêche était appuyée contre le mur, et s'agenouilla. À quelques centimètres du sol, il découvrit un trou circulaire identique dans le mur de brique, les bords aussi lisses que du verre. Le mur était complètement transpercé et Tom vit des feuilles de lierre se balancer dans le vent, de l'autre côté.

— Je n'arrive pas à y croire, déclara Jeff qui se levait et se baissait dans l'habitacle pour voir son corps disparaître et réapparaître. Tu as bien fait de descendre, finalement…

Tom ne l'écoutait pas.

— Parce que, sinon, nous aurions cru qu'il était nase comme le premier bouton.

— Ça, à ta place, je n'en serais pas si sûr, dit Tom en se relevant.

— De quoi ?

— Qu'il était nase, le premier bouton.

Il souleva la bêche pour la lui montrer et, au même moment, ils entendirent les sirènes de voitures de pompiers qui se rapprochaient.

Il y avait onze foyers d'incendie au total : quatre clôtures, l'abri de jardin de Mme Murphy, une chaise longue, un arbre, trois buissons et un panier de linge. Et tous brûlaient encore vivement à l'arrivée des pompiers.

Le capitaine était à juste titre perplexe devant ces onze feux qui s'étaient déclarés simultanément dans une demi-douzaine de jardins. Il finit par conclure que c'était de la cabane à outils que tout était parti. Un bidon d'essence avait dû exploser en éclaboussant les clôtures, et le feu s'était répandu tout autour.

C'était plausible, en tout cas plus que la version de Mme Murphy, qui prétendait que les dégâts avaient été provoqués par le canon laser du vaisseau spatial qu'elle avait vu la veille. Personne ne prit cette idée au sérieux même si, curieusement, comme le releva l'officier de police, les onze foyers se trouvaient parfaitement alignés.

— Je crois que nous ferions mieux de ne plus essayer de bouton pendant un certain temps, suggéra Tom.

Pour une fois, Jeff l'approuva.

L'après-midi, ils firent faire à l'*Aquila* son premier vol invisible autour de Stavely. Jeff s'arrêta au-dessus du jardin public pour se livrer à une rapide expérience. Flottant à une centaine de mètres d'altitude au-dessus du lac, le nez de l'*Aquila* pointé vers le bas, Jeff appuya brièvement à nouveau sur le bouton bleu.

Le rayon de lumière qui surgit de l'arrière de l'*Aquila* était vraiment éblouissant, mais ce qui impressionna le plus les deux garçons, c'est qu'il semblait se poursuivre à l'infini. Il n'avait duré qu'une fraction de seconde, pourtant il s'était étiré dans le ciel à perte de vue. Tom était persuadé que s'il rencontrait un satellite à soixante-dix mille kilomètres de là, il le transpercerait aussi facilement que le mur du garage. En y repensant, ils avaient eu une sacrée veine. Il aurait suffi que l'*Aquila* soit orienté différemment, que le rayon laser traverse une rangée de maisons au lieu des jardins, qu'il transperce des gens à la place des clôtures…

Jeff n'avait pas ces soucis. Lui, ce qui l'intéressait, c'était les fonctions des autres boutons, mais, pour le moment, il voulait bien admettre qu'il était plus sage de ne pas entreprendre de nouvelles expériences. Ce qu'ils connaissaient des pouvoirs de l'*Aquila* était déjà bien assez passionnant.

Quant à Mme Baxter, pour une fois, elle était plus contrariée qu'inquiète. C'était déjà assez désagréable de ne pas trouver le courage de sortir de chez soi pour aider une amie, mais quand on en arrivait à ne pas pouvoir aller jeter un seau d'eau sur le feu qui brûle votre maison, eh bien…

… il était temps de faire quelque chose.

6

Le lundi matin, les deux garçons prirent l'*Aquila* pour se rendre à l'école. C'était un trajet qui leur demandait habituellement un quart d'heure à pied, mais en volant, avec Jeff aux commandes, il ne leur fallut que quelques secondes.

Avec l'*Aquila*, fini les attentes aux carrefours, les bus en retard, les embouteillages. Il suffisait de décoller, de pointer l'avant dans la direction désirée et on y était.

Il leur fallut en revanche un certain temps, une fois arrivés à l'école, pour trouver un endroit où laisser le vaisseau. Comme il était invisible, il semblait facile de le garer n'importe où, mais en réalité, ce n'était pas si simple.

Bien que l'*Aquila* ne se voie pas, il était physiquement présent et, si quelqu'un le heurtait, son existence ne resterait pas longtemps secrète. Trouver un emplacement hors d'atteinte n'était pas évident. Il y avait plein de coins peu fréquentés, mais aucun n'était sûr à cent pour cent.

Tom suggéra de le laisser au-dessus d'un massif de fleurs, puisque personne n'y mettait normalement les pieds. Jeff lui fit remarquer à juste titre qu'il y avait les jardiniers. Et comme par hasard, au même moment, une balle de tennis atterrit au milieu des roses derrière eux et un garçon se faufila entre les fleurs pour la récupérer.

Jeff proposa de laisser l'*Aquila* suffisamment haut pour qu'on puisse passer au-dessous, mais restait le problème d'en descendre et d'y monter.

Finalement, alors que la sonnerie annonçait le début des cours, ils le laissèrent à trois mètres d'altitude près d'un escalier d'incendie, à l'arrière du bâtiment d'enseignement ménager. C'était à l'extrémité de l'école, au bout du terrain de sport, et assez écarté de toute activité scolaire pour que les garçons puissent raisonnablement penser le reprendre sans se faire remarquer.

— C'est l'endroit idéal ! s'exclama Jeff, ravi, alors qu'ils se dépêchaient de regagner le bâtiment principal. Je crois qu'il est parfaitement en sécurité là-bas.

— Absolument, renchérit Tom. Nous n'avons rien à craindre.

Depuis la fenêtre de son bureau au premier étage, Mlle Taylor regardait les deux garçons courir vers l'école. Leur mine enthousiaste et heureuse acheva de la convaincre qu'ils ne préparaient rien de bon.

Elle pivota sur son siège pour se tourner vers M. Urquart.

— Vous n'avez pas la moindre idée de ce qu'ils mijotent ?

— Comme je vous l'ai raconté, je n'ai emmené que Tom, en fin de compte. Et il m'a paru… beaucoup s'intéresser aux fouilles.

— Hmm…

Mlle Taylor se mit à jouer pensivement avec une paire de poucettes. Cet instrument de torture lui avait été offert, pour son départ, par le personnel de l'école où elle travaillait auparavant. Les toucher l'aidait toujours à réfléchir.

— N'aurait-il pas rapporté quelque chose chez lui ?

— Comment ça ?

— Oui. Je me demandais s'ils n'auraient rien trouvé pendant notre sortie. Ils auraient pu le cacher et ensuite retourner le récupérer.

— Oh, je vois. (M. Urquart réfléchit un moment.) Non. Tom avait un sac à dos, mais il n'y avait rien dedans. Il l'a vidé dans la voiture, au retour, pour voir s'il ne lui restait rien à manger. Il avait peut-être quelque chose dans ses poches mais, dans ce cas, c'était suffisamment petit pour qu'il le rapporte l'autre jour, non ?

— Oui... (Mlle Taylor fit tourner la paire de poucettes deux ou trois fois.) Et vous me dites qu'il a parlé de... géologie avec cette archéologue ?

— Oui, affirma-t-il en hochant la tête pour appuyer ses dires. Elle trouve d'ailleurs qu'il a des connaissances extraordinaires pour un enfant de son âge. Je dois avouer que je ne l'aurais jamais cru capable d'identifier le calcaire carbonifère.

— Il n'a jamais montré le moindre savoir dans ce domaine pendant les cours ?

— Ni dans celui-là, ni dans aucun autre, que je sache. Je n'avais même jamais entendu le son de sa voix.

À la récréation, Tom, installé dans un coin de la bibliothèque, consultait l'*Encyclopédie de l'Aviation* ouverte devant lui, à la page de la sécurité aérienne. Jeff était parti chercher leurs repas qu'ils avaient laissés dans l'*Aquila*, et il avait dû en profiter pour faire un petit tour autour de la ville. Tom, quant à lui, avait décidé qu'il était important que l'un d'entre eux fasse des recherches élémentaires sur les règlements aériens. Il tenait tout particulièrement à ne plus risquer le genre de collision qu'ils avaient évité de justesse, la veille, en rentrant chez eux.

Ils volaient très haut à « respirer les nuages », comme disait Jeff, tout en dégustant tranquillement des gâteaux au gingembre, lorsqu'un Harrier GR7 de la RAF leur avait foncé dessus à plus de mille kilomètres/heure.

Évidemment, le pilote ne pouvait pas deviner qu'ils étaient là, ils étaient invisibles. Ils avaient eu l'impression qu'un train leur passait dessus.

Jeff avait lâché son biscuit pour se ruer sur les commandes et faire plonger l'*Aquila*. Le bombardier les avait frôlés de si près que Tom avait pu lire les numéros des missiles accrochés sous ses ailes. Le temps qu'ils ressortent sous les nuages, le Harrier avait disparu, mais ils gardaient un souvenir plutôt angoissant de cette expérience.

Tom savait que tous les avions, aussi bien civils que militaires, circulaient dans des couloirs nettement délimités, à des altitudes déterminées, et il espérait trouver quelques précisions à ce sujet dans l'encyclopédie, afin de les éviter à l'avenir.

Il lisait encore le premier paragraphe sur la création de la CAA, l'organisme de contrôle de l'aviation civile, quand Jeff le rejoignit, le visage blanc comme un linge, à bout de souffle.

— Il est parti, annonça-t-il d'une voix haletante.

— Qui ça ?

— Le vaisseau. Il n'est plus là !

Incapable d'en dire plus, il agrippa Tom par le bras et le traîna dehors. Ils sortirent en courant du bâtiment, longèrent les abris à bicyclettes et contournèrent le bâtiment d'enseignement ménager. Lorsqu'ils arrivèrent sous l'échelle d'incendie, Jeff ramassa un bâton qu'il tendit à Tom.

— Tiens, essaie toi-même.

Tom monta quelques marches et sonda avec le morceau de bois l'endroit où ils avaient laissé l'*Aquila*. Il n'y avait plus rien.

— Nous ne l'aurions pas laissé un peu plus haut ?

— Je suis monté jusqu'au bout de l'échelle. C'est inutile. Je te le dis, il est parti.

— Mais pourquoi… Enfin, où ?… Comment ?

C'était la question qui torturait Jeff et il avait la pénible impression de connaître la vérité.

— Je crois que c'est à cause du chewing-gum.

— Quoi ?

— Un morceau était resté collé dans le bouton de marche avant et je devais remonter la touche chaque fois qu'on s'arrêtait, mais ce matin nous étions tellement pressés que…

— Tu as oublié ?

Jeff hocha la tête, muet de consternation.

Les deux garçons contemplèrent le terrain de sport. L'*Aquila* se trouvait par là, invisible, s'éloignant de plus en plus d'eux au fur et à mesure que le temps s'écoulait.

Ils se demandaient encore ce qu'ils pourraient faire lorsque la cloche sonna la fin de la récréation.

Mlle Taylor arrêta M. Urquart alors qu'il passait devant son bureau pour se rendre à sa classe.

— Il est encore allé à la bibliothèque.

— Qui ?

— Tom Baxter. Il est venu au début de la pause. Il a sorti plusieurs livres. (Mlle Taylor consulta sa liste par-dessus ses lunettes.) Il a pris l'*Encyclopédie de l'Aviation*, *Cent sites à visiter dans les Midlands* et *L'homme invisible* de H. G. Wells.

— Seigneur ! s'exclama M. Urquart. Pourquoi ceux-là ?

— J'appellerai sa mère à l'heure du déjeuner, décida Mlle Taylor en repartant vers son bureau. Peut-être pourra-t-elle me donner une explication.

Dès le début de la pause-déjeuner, Tom et Jeff retournèrent au pied de l'échelle de secours en se demandant toujours comment faire pour retrouver l'*Aquila*.

Il devait bien y avoir un moyen, pensait Tom. Et, en tout état de cause, ils ne pourraient pas manger tant qu'ils ne l'auraient pas récupéré.

Ils connaissaient vaguement la direction dans laquelle l'*Aquila* devait dériver. Ils avaient laissé le vaisseau l'avant tourné vers le terrain de sport à trois mètres d'altitude environ. Jeff suggéra de traverser le terrain en agitant de longs bâtons au-dessus de leurs têtes jusqu'à ce qu'ils heurtent quelque chose de solide. Hélas, c'était la meilleure façon de se faire remarquer, d'autant plus que les onze joueurs de l'équipe de foot venaient d'arriver pour l'entraînement.

Tom, qui avait réfléchi au problème pendant les deux heures de biologie, entrevoyait une autre solution.

— S'il se déplace comme dans le garage, il doit avancer très lentement. Nous savons qu'il est parti par là, fit-il en montrant l'autre bout du terrain. Nous pourrions donc l'attendre dans les arbres et le récupérer quand il passera à notre portée.

— Mais comment savoir le temps qu'il mettra ? demanda Jeff. Il pourra y arriver au milieu de la nuit, ou la semaine prochaine. On ne peut pas rester plantés là à l'attendre.

— Il suffirait de calculer la vitesse à laquelle il avance, et je pense que…

Tom n'eut pas le temps de terminer sa phrase. Un joueur avait shooté de l'autre bout du terrain et un garçon baraqué du nom de Mike Smithers avait sauté en l'air devant le goal pour renvoyer le ballon d'une tête dans le but.

Le ballon s'évanouit mystérieusement dans les airs, un gros « boum » retentit alors que la tête de Mike heurtait quelque chose de très dur, et il s'effondra sur le terrain.

Le professeur d'éducation physique donna un coup de sifflet et se précipita, comme les autres joueurs, vers le garçon qui gémissait, étendu sur le sol.

Tom et Jeff contemplaient la scène d'un air pensif.

— Y aurait pas un plan du collège sur le panneau d'affichage près de l'entrée ? finit par demander Tom.

Jeff répondit qu'il croyait en avoir vu un.

— Eh bien, si nous trouvons de combien l'*Aquila* a avancé depuis ce matin, dit Tom en estimant la distance entre le bâtiment d'enseignement ménager et l'endroit où l'on mettait Mike sur un brancard, nous devrions pouvoir calculer le temps qu'il lui faudra pour parvenir aux arbres.

Jeff le dévisagea d'un air dubitatif.

— Tu veux dire… comme en maths ?

— Oui.

Tom n'était pas sûr que ce soit une bonne idée mais ça valait la peine d'essayer.

Ils allèrent étudier la carte dans l'entrée. Tom mesura les distances que Jeff nota soigneusement. D'après leurs relevés, il y avait trente-cinq centimètres de l'échelle de secours au devant du but où Mike Smithers s'était cogné dans l'*Aquila*, et encore vingt-huit centimètres de là à l'autre bout du terrain.

Ils avaient laissé l'*Aquila* à neuf heures moins le quart le matin, et ils savaient qu'il était arrivé au niveau du but à une heure moins le quart. Il ne leur restait plus qu'à utiliser ces informations pour découvrir à quelle vitesse avançait le vaisseau et en combien de temps il atteindrait l'autre côté. C'était un simple problème d'arithmétique.

— Ce qu'il nous faudrait, constata Jeff, une demi-heure plus tard, c'est quelqu'un de bon en maths.

— Jamais je n'aurais cru cela possible, répétait M. Duncan à qui voulait l'entendre. Si je ne l'avais pas vu, de mes yeux vu, je vous jure que je refuserais de le croire.

— Baxter et Reynolds ? (Mlle Taylor n'était arrivée dans la salle des professeurs qu'à la fin de son histoire.) Vous êtes sûr ?

— Absolument, insista M. Duncan. Je les ai trouvés dans la salle d'étude à faire des maths, il n'y a aucun doute là-dessus.

— Quel genre de maths ?

— Ils essayaient de résoudre un problème. Je ne sais pas d'où ils l'ont sorti. Du style si *a* parcourt *x* kilomètres en un temps *y*, en combien de temps parviendra-t-il en *z* ? Sérieusement ! Je n'en reviens pas !

— C'est un devoir qu'ils devaient rendre ? demanda Mlle Poulson.

— Non, dit M. Duncan en secouant la tête. Je ne leur ai rien donné cette semaine. Cela n'a aucun rapport avec leur travail de classe.

— Alors pourquoi le faisaient-ils ?

— Pour s'amuser, déclara M. Duncan. C'est ce qu'ils m'ont dit. Pour s'amuser. (Il secoua la tête avec incrédulité.) Et quand j'ai proposé de les aider parce qu'ils faisaient fausse route, leurs visages se sont éclairés. Ils étaient intéressés. Ils buvaient littéralement mes paroles comme s'ils voulaient vraiment savoir… et lorsque je leur ai donné la réponse, je ne m'en souviens plus exactement, quatre heures et des poussières, ils étaient fous de reconnaissance. Incroyable, non ? Ça m'étonne vraiment de leur part !

Mlle Taylor regagna son bureau en se demandant si le monde ne basculait pas doucement dans la folie. Baxter et Reynolds qui faisaient des maths…

Au déjeuner, elle avait déjà dû régler une histoire de ballon qui avait disparu et de footballeur qui s'était assommé dans le vide. Et, pour couronner le tout, quand elle avait appelé Mme Baxter, un répondeur lui avait annoncé qu'elle était sortie.

Et s'il y avait bien une chose que tout le monde savait sur Mme Baxter c'est que jamais, au grand jamais, elle ne mettait le nez dehors…

L'*Aquila* arriva exactement à l'heure indiquée par M. Duncan.

À cinq heures cinq, il y eut un craquement dans l'arbre au-dessus de leurs têtes et les deux garçons virent une des branches s'écarter lentement sous la poussée d'une force invisible.

Jeff escalada le tronc en vitesse, se hissa sur la branche et disparut à l'intérieur du vaisseau. Une seconde après, il atterrissait au pied de l'arbre pour permettre à Tom de monter à son tour.

Dès qu'ils eurent pris de l'altitude, Jeff s'empressa de retirer, avec la pointe de son compas, le petit morceau de chewing-gum qui s'était coincé dans le bouton de marche avant. Tom en profita pour dévorer son déjeuner. Le ballon de foot avait un peu aplati ses sandwichs aux œufs mais il en fallait plus pour lui couper l'appétit. Son petit déjeuner était bien loin.

Alors qu'ils rentraient chez eux, les deux garçons constatèrent avec satisfaction que l'*Aquila* n'avait pas souffert de cet incident. Rien n'avait changé, mis à part une petite lumière violette qui clignotait au centre du tableau de bord. Tom se demanda si cela indiquait que quelque chose ne marchait pas, mais, comme Jeff le souligna, une lumière clignotante pouvait signifier n'importe quoi.

— Mon père en a une sur sa montre qui s'allume le jour de son anniversaire de mariage, ajouta-t-il. Ça n'a pas forcément une signification. Et elle finira sans doute par s'arrêter toute seule au bout d'un moment.

Pourtant, une heure plus tard, alors que Tom notait les événements de la journée dans son cahier, assis dans le vaisseau à l'intérieur du garage, il dut se rendre à l'évidence : la lumière clignotait toujours.

7

Le bruit retentit juste à six heures le lendemain matin. En fait, il s'agissait plutôt d'une sorte de hululement perçant qui réveilla Tom en sursaut.

Il jeta un regard rapide à son réveil et partit d'un pas chancelant jusqu'à la fenêtre pour voir ce qui se passait. Ça venait du garage et, sans même prendre la peine d'enfiler ses chaussons, Tom descendit en courant.

Le bruit était encore plus fort dehors et carrément assourdissant à l'intérieur du garage. Il provenait du vaisseau spatial, et il était accompagné d'un clignotement violet au centre du tableau de bord. Sauf qu'il n'y avait plus un voyant d'allumé mais deux.

Pendant quelques secondes, Tom les contempla sans savoir que faire. Si ce raffut continuait, il ne serait pas le seul à en chercher la cause. Il ne vit qu'une solution, conduire l'*Aquila* dans un endroit complètement isolé, mais au moment où il prenait appui sur l'aile pour sauter sur le siège, le bruit s'arrêta.

Les voyants violets clignotaient toujours, mais le garage était totalement silencieux. Tom retira sa main et recula ; le bruit ne reprit pas. Il se demandait encore ce qui avait pu le déclencher lorsqu'il entendit sa mère l'appeler.

— Tom ? Que se passe-t-il ?

Il sortit du garage et la trouva sur le pas de la porte de la cuisine.

— D'où diable venait ce chahut ? demanda-t-elle.

— Je ne sais pas. Je me posais la même question.

— On aurait dit que c'était tout à côté, constata Mme Baxter en regardant nerveusement autour d'elle. Ça devait être une alarme, ajouta-t-elle en rentrant dans sa cuisine, suivie de Tom.

— Une alarme ?

— Oui, je ne vois pas ce que ça pourrait être d'autre. Et toi ?

— Si c'était une alarme, ça signifie que quelque chose ne va pas.

Jeff venait d'arriver et il lui avait raconté l'histoire.

— Pourtant tout semble normal.

Jeff s'assit aux commandes et fit monter l'*Aquila* de cinquante centimètres au-dessus du sol, sans sortir du garage. Les voyants clignotants violets mis à part, rien n'avait changé.

En fait, Jeff était surtout contrarié de savoir que la mère de Tom était sortie voir ce qui se passait. Ils avaient choisi ce garage comme cachette parce que Mme Baxter ne mettait jamais le nez dehors. Si elle retrouvait un comportement normal, ils devraient chercher un autre endroit.

— Elle se fait soigner ? demanda-t-il.

— Oui, je crois.

Sa mère ne lui avait parlé de rien mais il avait remarqué une paire de chaussures près de la porte, en rentrant, la veille au soir.

— Je me demande si ces voyants ne signaleraient pas une panne.

— Il n'y a qu'une façon de le savoir, déclara Jeff en posant les mains sur les commandes. Tu veux bien pousser les portes ?

Tom ouvrit le garage, Jeff sortit doucement et attendit que son ami monte à côté de lui. Puis, maintenant l'*Aquila* au ras du sol, il contourna lentement la maison et avança dans le jardin.

Tout semblait fonctionner normalement. L'*Aquila* se déplaçait latéralement, d'avant en arrière et de haut en bas, comme d'habitude.

— Tout me semble parfait, constata Jeff en amorçant un virage qui les amena au-dessus des rosiers de Mme Murphy.

— C'était quoi, ce bruit ?

— Quel bruit ?

— Ça a fait comme un boum, remarqua Tom en regardant autour de lui.

— Je n'ai rien entendu. Bon, on va finir par arriver en retard au collège, dit Jeff en jetant un coup d'œil à sa montre. Ne t'inquiète pas, je vais rester à basse altitude, juste au cas où.

Ils n'avaient pas vu Mme Murphy qui se tenait au milieu de ses rosiers. Ça faisait plusieurs jours qu'elle entendait des voix sans jamais voir personne. Et aujourd'hui, en tendant la main, elle avait touché quelque chose de dur au-dessus de sa tête.

Le médecin lui avait conseillé de sortir plus souvent. Il avait peut-être raison. Il lui avait dit également de prendre, en cas d'urgence, deux de ses nouveaux comprimés. Elle regagna sa maison d'un pas chancelant en se disant que c'était le moment ou jamais.

— Entrez ! (Mlle Taylor déjeunait dans son bureau, et attaquait son deuxième pâté à la viande. Elle fit signe à M. Urquart de s'asseoir.) Vous avez entendu parler des maths ?

— Des maths ? répéta M. Urquart sans comprendre.

— Peter Duncan les a surpris hier à faire des maths pour le plaisir, pendant l'étude. Leur conduite est de plus en plus bizarre, ajouta-t-elle en secouant la tête.

— Justement, c'est d'eux que je voulais vous parler, déclara M. Urquart en sortant un papier de son cartable. De Tom, en particulier. Je leur ai fait passer un contrôle de géographie ce matin et j'ai pensé que ça vous intéresserait de voir ses résultats.

Il tendit la feuille à Mlle Taylor qui s'arrêta net de mâcher en la regardant.

— Il s'agit d'un contrôle de connaissances en géologie, expliqua le professeur. Dans les dix premières questions, ils devaient reconnaître différents types de roches — les plus intelligents ne s'en sont pas trop mal sortis — et dans les dix suivantes il leur était demandé de classer les ères géologiques chronologiquement. Tom a été le seul à répondre correctement.

Mlle Taylor regarda la colonne de points notés dans la marge, puis le total en bas de la page. Vingt sur vingt. À sa connaissance, jamais Tom ne s'était distingué dans aucun domaine. Il y avait trente-six élèves dans sa classe et son meilleur classement avait été trente-cinquième ex-aequo.

— Ce que je ne comprends pas, reprit M. Urquart, c'est qu'il ait d'aussi mauvaises notes dans les autres matières. Vous ne pensez pas qu'il se ferait passer volontairement pour un idiot ?

— Je savais qu'il nous cachait quelque chose, marmonna Mlle Taylor. Mais jamais je n'aurais imaginé que c'était de l'intelligence.

Les deux garçons avaient garé l'*Aquila* entre deux voitures devant la pâtisserie et dégustaient tranquillement un cornet de glace lorsqu'un passant pila devant eux en leur décochant un grand sourire.

— Ma parole, c'est quoi ça ?

Tom et Jeff le dévisagèrent sans comprendre.

L'homme se pencha et donna un petit coup sur la coque de l'*Aquila*.

— Voilà un véhicule qui me plaît. Qu'est-ce que c'est ? demanda-t-il en regardant Tom.

— C'est… c'est… c'est à Jeff, bégaya le garçon en montrant son ami du doigt.

— Ah oui ? fit l'homme en se tournant aussitôt vers ce dernier. Où tu l'as eu ?

— C'est quelqu'un qui nous l'a donné, articula lentement Jeff. Il n'en voulait plus.

— Je vois. C'est un accessoire de cinéma, n'est-ce pas ? Un truc comme ça ?

Aucun des garçons ne répondit.

— Eh bien, vous avez de la chance ! J'aurais bien aimé posséder un engin pareil quand j'avais votre âge. (L'homme contempla le tableau de bord.) Et en plus vous avez plein de voyants et toutes sortes de gadgets, petits veinards !

Après un dernier sourire, le passant s'éloigna et entra dans le magasin.

Les garçons échangèrent un bref regard et se penchèrent précipitamment vers le tableau de bord.

— Je croyais qu'on était invisibles, dit Tom.

— Nous l'étions quand j'ai décollé, répondit Jeff en descendant sur le trottoir d'où il constata que l'*Aquila* et Tom se voyaient parfaitement. Je ne comprends pas. Appuie sur le bouton, conseilla-t-il après s'être assuré que la rue était déserte.

Tom enfonça la touche et l'*Aquila* disparut mais, dès qu'il enlevait son doigt, le vaisseau réapparaissait. Finalement, ils prirent un morceau de sparadrap dans la trousse de secours de Tom pour maintenir le bouton enfoncé. La panne était provisoirement réparée mais Jeff dut reconnaître que c'était inquiétant.

— Des voyants qui clignotent, des ratés dans le moteur et un bouton d'invisibilité qui débloque, y a un problème. Il faudrait faire un vol d'essai pour procéder à quelques vérifications.

— Comment ça ?

— On devrait trouver un coin tranquille où je pourrais réaliser des loopings, des virages serrés, foncer à pleins gaz, changer plusieurs fois de vitesse. Nous pourrons peut-être trouver ce qui ne va pas.

Tom avait le sentiment que ce n'était pas une façon de procéder très professionnelle, mais Jeff fut catégorique.

— Si d'autres choses doivent tomber en panne, autant le savoir tout de suite, affirma-t-il d'un air sérieux.

Tom ne discuta pas. Il venait de remarquer un troisième voyant qui clignotait sur le tableau de bord.

— Que vous a dit sa mère ? demanda M. Urquart. Vous avez pu la joindre ?

— Oui, répondit Mlle Taylor. Elle est venue me voir ce matin.

— Elle est venue ? Ici… au collège ?

— Oui… répondit Mlle Taylor d'une voix hésitante.

L'entretien n'avait pas été facile. Mme Baxter, livide et tremblante, les doigts crispés sur les bras de son fauteuil, avait désespérément essayé de répondre à ses questions, mais, à son troisième évanouissement, Mlle Taylor avait fini par renoncer et l'avait raccompagnée chez elle en voiture.

— Je dois reconnaître, à sa décharge, qu'elle a fait un gros effort. Heureusement, j'ai réussi à la convaincre qu'elle devait se faire soigner par un spécialiste. Le médecin a promis de lui trouver quelqu'un.

— Alors elle ne vous a rien appris au sujet de Tom ? demanda M. Urquart.

— Elle m'a dit qu'il aimait les pierres, dit Mlle Taylor en regardant à nouveau la feuille de test. Ça, nous le savions déjà.

Elle avait le sentiment que quelque chose lui avait échappé. Un indice important.

— Peut-être que nous devrions plutôt nous intéresser à Jeff. Je sens que c'est lui le cerveau dans cette affaire. C'est lui qu'il faut surveiller, affirma Mlle Taylor en engloutissant sa dernière bouchée de pâté. Je passerai voir son père au magasin en rentrant chez moi. Pour savoir ce qu'il en pense…

Ils finirent par aller au jardin public. Ainsi, conclut Jeff, s'ils avaient le moindre problème, ils feraient moins de dégâts en s'écrasant sur l'herbe ou dans le lac que sur la ville, pensée que Tom ne trouva guère réconfortante.

Jeff fit trois tours très complets. Il commença par survoler le lac à une vitesse terrifiante, puis il monta en flèche entre les arbres, franchit la colline, redescendit de l'autre côté, s'engouffra dans le passage souterrain et revint en vrille devant les grilles de l'entrée d'où ils étaient partis. Ce fut une expérience grisante et, comme Tom le souligna, tout semblait bien fonctionner.

Jeff pourtant, n'était pas satisfait.

— J'étais à la vitesse maximale à la fin.

— Oui. (Tom n'avait pas encore retrouvé son souffle.) Oui, j'ai bien senti.

— Non, ce n'est pas ce que je veux dire, expliqua Jeff en fronçant les sourcils. Tu te souviens de notre vitesse la première fois que j'ai appuyé sur ce bouton ?

Il leur avait fallu moins d'une seconde pour se retrouver mille mètres au-dessus de la grotte. Ils n'avaient jamais atteint une vitesse pareille dans le jardin.

— Tu as enfoncé le bouton au maximum ?

— Tout le temps. (Jeff réfléchit un moment.) Je crois avoir compris pourquoi ces voyants clignotent.

— Pourquoi ?

— Ils nous préviennent que nous n'avons plus d'énergie.

— Comme le voyant qui indique qu'il n'y a plus d'essence dans une voiture ?

— Exactement. Ce qui expliquerait ce problème également, ajouta Jeff en montrant le morceau de sparadrap qui maintenait le bouton d'invisibilité enfoncé. Ça doit couper tout ce qui utilise trop d'énergie.

Pendant un moment, aucun des deux ne parla. Ce fut Tom qui brisa finalement le silence. Il savait qu'il énonçait une évidence, mais elle valait peut-être la peine d'être mentionnée.

— On devrait peut-être rajouter de l'essence.

Jeff se tourna vers lui.

— À moins qu'il ne s'agisse d'un autre carburant, continua Tom. Enfin, quoi qu'il en soit, il faudrait faire le plein.

— Qu'est-ce que ça pourrait être ? À quoi peut marcher cet engin ?

— J'en sais rien, répliqua Tom en haussant les épaules. Mais on pourrait se renseigner.

8

M. Bampford, le professeur de physique, était un petit homme chauve qui aimait bien répondre aux questions des enfants, mais pas à la fin de ses cours, alors qu'il regagnait la salle des professeurs pour fumer tranquillement sa pipe.

Cependant, quand il vit Jeff et Tom apparaître devant lui, un numéro du *Sunday Mirror* à la main, il s'arrêta pour les écouter. S'il avait bonne mémoire, jamais aucun de ces deux élèves ne lui avait adressé la parole, et il était curieux de savoir ce qu'ils avaient à lui dire.

— Nous nous demandions à quoi peut marcher un Ovni comme celui-ci, déclara Jeff.

M. Bampford prit le journal et regarda la photo de la première page.

— Comment ça ?

— Eh bien… que met-on dedans pour le faire voler ? demanda Jeff.

— Nous pensions à de l'uranium, intervint Tom. Ou du plutonium.

M. Bampford étudia un moment la photo floue de l'*Aquila* puis il la rendit à Jeff.

— En dehors du fait que cette photo est visiblement truquée, commenta-t-il en se dirigeant vers la salle des professeurs, je pense que n'importe quel scientifique vous dira que, si les soucoupes volantes existaient, elles n'utiliseraient certainement pas des énergies aussi dangereuses que des isotopes radioactifs. (Il sortit sa pipe de sa poche.) Quand on dispose de technologies suffisamment avancées pour réaliser des voyages interstellaires, on doit savoir extraire de l'énergie de matières organiques plus élémentaires.

— Quoi par exemple ?

— N'importe quoi, expliqua M. Bampford en sortant une boîte d'allumettes. Savez-vous qu'il y a, en théorie, suffisamment d'énergie dans un morceau de sucre pour alimenter en électricité une ville comme New York pendant une semaine ?

— Vous voulez dire que ça marche au sucre ? s'exclama Jeff.

— Je dis seulement qu'arrivé à un certain stade de technologie, on peut utiliser tout ce qu'on veut comme carburant. (M. Bampford s'arrêta devant la porte de la salle des professeurs.) Même les molécules d'une chose aussi simple et élémentaire que le sucre.

— Alors ça pourrait être n'importe quoi ?

— Exactement. Maintenant, si vous voulez bien m'excuser, continua-t-il en poussant la porte, j'ai une réunion importante qui m'attend.

Quelle déception ! pensa Tom, tandis que Jeff et lui regagnaient le bâtiment d'enseignement ménager. Si l'*Aquila* pouvait marcher à n'importe quel carburant, leurs chances de le découvrir étaient plutôt minces, c'était le moins qu'on puisse dire.

Et de toute façon, même si M. Bampford leur avait indiqué exactement quel carburant utiliser, ils n'auraient pas su où le mettre. La coque de l'*Aquila* ne présentait aucune ouverture apparente. Même pas une boîte à gants.

— Justement, j'y pensais, répondit Jeff quand Tom lui en fit la remarque. C'est par là qu'on aurait dû commencer, poursuivit-il en montant sur l'échelle de secours. Si on arrive à trouver le réservoir et que par chance il y reste un peu de carburant on saura ce que c'est. Et on n'aura plus qu'à s'en procurer.

Tom devait reconnaître que ce raisonnement se tenait.

— Et si nous trouvons du sucre, par exemple, nous n'aurons plus qu'à en acheter ?

— Exactement.

Jeff lâcha l'échelle et disparut à l'intérieur de l'*Aquila*. Tom le suivit.

— Seulement nous ignorons l'emplacement de ce réservoir.

Jeff s'installa devant les commandes.

— Oui, mais j'imagine qu'un de ces boutons doit l'ouvrir, dit-il en montrant les voyants devant lui.

Le plan de Jeff était très simple. Ils appuieraient successivement sur tous les boutons, en partant du haut, et de gauche à droite, en vérifiant à chaque fois qu'aucune trappe ou porte secrète ne s'ouvrait sur la coque.

Les deux garçons n'oubliaient pas que le dernier bouton qu'ils avaient essayé avait déclenché onze incendies. Jeff suggéra donc d'emmener l'*Aquila* en pleine campagne pour ne pas risquer de tuer quelqu'un.

Malheureusement, ils durent se rendre à l'évidence : l'*Aquila* ne pourrait jamais y arriver. Quand Jeff s'écarta du bâtiment d'enseignement ménager, le vaisseau n'avançait plus qu'au ralenti. Tom fit alors remarquer qu'un quatrième voyant violet clignotait au tableau de bord.

Ils se rabattirent donc sur le parc où ils avaient repéré les vestiges d'un fort en haut d'une colline. Cela formait une sorte de cuvette qui, l'espéraient-ils, les cacherait des passants et les empêcherait également de causer d'autres dégâts avec le rayon laser.

Les trois premiers boutons que Jeff essaya donnèrent des résultats intéressants, hélas, sans aucun rapport avec le carburant. Le premier changea la couleur du dessous du vaisseau en un bleu profond, pour quelle raison, ils l'ignoraient. Le second chauffa les sièges, malheureusement aux limites du supportable, et le troisième forma deux mots en hologramme devant eux.

— SERVIRE STO.

Les deux amis n'avaient pas la moindre idée de leur signification.

En revanche, quand ils enfoncèrent le quatrième bouton, le résultat fut des plus spectaculaires.

Tout commença par un bourdonnement sourd, puis une lumière bleue apparut au-dessous de l'*Aquila*. Contrairement au rayon laser, le faisceau n'était pas rectiligne et se déroula devant eux sur l'herbe en serpentant comme s'il cherchait quelque chose.

Tom, énervé par ce bruit, voulut l'arrêter mais Jeff hésita.

— C'est peut-être un tuyau d'alimentation, suggéra-t-il, optimiste, tandis que la lumière bleue escaladait le rebord de la cuvette. Peut-être qu'il cherche du carburant et qu'il en rapportera s'il en trouve.

Tom n'y croyait pas trop, mais il devait reconnaître qu'il leur était arrivé des choses autrement plus étonnantes depuis qu'ils avaient découvert l'*Aquila*. En fait, ni l'un ni l'autre ne savaient ce qu'ils faisaient.

Jusqu'à ce qu'il soit trop tard.

La maison de la presse Reynolds était la dernière des quatre boutiques du petit centre commercial qui desservait la résidence construite à l'est de Stavely, dans les années soixante-dix. Mlle Taylor trouva M. et Mme Reynolds tous les deux derrière leur comptoir, car le magasin était rempli de clients.

M. Reynolds, un grand et bel homme plein d'assurance, la salua chaleureusement dès qu'elle entra, et, ignorant les gens qui faisaient la queue, vint aussitôt lui demander ce qu'il pouvait faire pour l'aider.

— J'aurais voulu vous parler de Jeff, si vous avez un moment, expliqua-t-elle. Mais si vous êtes très occupé, ne vous inquiétez pas, je peux attendre, ça ne me dérange pas du tout.

— Jamais de la vie, répliqua M. Reynolds en l'entraînant aussitôt vers une porte au fond du magasin. Venez par ici, mademoiselle Taylor.

Il savait d'expérience qu'il valait mieux ne pas la laisser livrée à elle-même un seul instant dans sa boutique. Depuis le temps qu'elle enseignait, elle avait eu la plupart de ses clients comme élèves. Et elle ne pouvait s'empêcher de leur dire de ne pas gaspiller leur argent en chocolat ou de leur rappeler que les cigarettes étaient mauvaises pour la santé.

Il la conduisit droit au salon et l'invita à s'asseoir.

— Alors, dites-moi, qu'a-t-il encore fait comme bêtise ? Rien de grave, j'espère ?

— Non, au contraire, protesta Mlle Taylor. Je lui trouve seulement un comportement un peu… étrange, ces derniers temps.

— Étrange ?

— Oui. (Mlle Taylor hésita. Elle avait du mal à trouver ses mots.) On l'a vu à la bibliothèque plusieurs fois et il pose des questions en classe…

— Il pose des questions ? (Le visage de Reynolds se fronça d'inquiétude.) Très bien. Je vais lui en toucher un mot.

— Non, non, ça ne nous ennuie pas, au contraire, c'est le genre d'attitude que nous encourageons. Seulement, il ne l'avait jamais fait jusqu'à présent. On dirait qu'il a changé depuis l'excursion avec leur professeur de géographie. Vous n'avez rien remarqué ces derniers temps ?

M. Reynolds réfléchit un moment et secoua la tête.

— Il n'a rien fait de particulier ? Rien qui ait attiré votre attention ?

M. Reynolds fouilla sa mémoire à la recherche de ce que Jeff avait pu dire ou faire de spécial au cours de la semaine précédente.

— Je demanderai à Mme Reynolds, décida-t-il, finalement. Je sais qu'elle écoute de temps en temps ce qu'il raconte.

Mme Murphy rentrait chez elle en passant par le jardin public, son caddie à provisions chargé de nourriture pour chat. Alors qu'elle s'arrêtait pour reprendre son souffle, à l'endroit où le chemin contournait l'ancien fort, un bourdonnement sourd attira son attention.

Le bruit s'intensifia et un ruban bleu lumineux apparut au sommet de la butte, s'arrêta un instant, comme un animal humant le vent, et se tourna vers elle.

La vieille dame recula mais la lumière se jetait déjà dans la pente, droit sur elle. Prise de panique, Mme Murphy détala à une vitesse incroyable pour une personne de quatre-vingt-trois ans aux jambes douloureuses. Se sentant rattrapée, elle lâcha son caddie et vit avec horreur la lumière bleue s'en emparer et remonter la butte en le traînant derrière elle.

— Mes courses ! cria Mme Murphy. Au secours ! On m'a pris mes courses ! Et mon porte-monnaie. On m'a volé mon porte-monnaie !

Jeff et Tom n'entendirent pas les cris de Mme Murphy de l'intérieur du vaisseau, mais ils virent avec stupéfaction l'extrémité du ruban bleu réapparaître sur le bord de la cuvette en tirant quelque chose derrière elle.

— Waouh ! Qu'est-ce que c'est ?

— Je n'en suis pas sûr, dit Tom, mais on dirait un caddie à provisions.

Jeff enfonça le bouton. La lumière disparut et le caddie se renversa dans l'herbe. Le bruit cessa. Ils entendirent alors Mme Murphy appeler à l'aide, puis une voix masculine lui demander ce qui se passait.

— On ferait bien de s'en aller, proposa Tom.

— Oui, acquiesça Jeff en remettant le morceau de sparadrap sur le bouton d'invisibilité et en prenant les manettes en main.

On entendait plusieurs voix maintenant et elles se rapprochaient.

— Jeff ? fit Tom qui se demandait ce que son copain attendait. Mieux vaudrait rentrer à la maison. Et tout de suite.

— Impossible.

Une goutte de transpiration coula sur le visage de Jeff.

— Quoi ?

— Je n'y arrive pas. (Son pouce écrasait de toutes ses forces le bouton pour décoller.) Ça ne répond plus. Même à pleine puissance. (Il se souleva rapidement et se rassit.) Et nous ne sommes plus invisibles.

Tandis que Tom assimilait lentement ces informations, les voix se rapprochaient de plus en plus. Plusieurs personnes escaladaient la pente à la recherche du caddie de Mme Murphy et elles ne tarderaient pas à arriver au sommet de la butte. Elles verraient les garçons et l'*Aquila*. Elles poseraient des questions. Elles voudraient savoir…

C'était fini. L'aventure était terminée. Les deux garçons savaient qu'ils ne pouvaient rien y faire. Les mains de Jeff relâchèrent les manettes et ils attendirent.

Ils n'avaient pas le choix.

Et comme pour exprimer ce qu'ils éprouvaient, il se mit à pleuvoir.

Mlle Taylor était déçue. Sa conversation avec Mme Reynolds n'avait pas été aussi fructueuse qu'elle l'espérait. D'après elle, son fils n'avait ni nouveau centre d'intérêt, ni nouveau passe-temps, ni nouveaux copains, et se comportait exactement comme à l'accoutumée. Certes, il sortait plus fréquemment ces derniers temps, mais elle ignorait où il allait.

— Je suis désolé qu'il vous cause tout ce dérangement, avait dit M. Reynolds à Mlle Taylor quand celle-ci s'était levée pour partir. Je vais lui parler. Il n'ira plus à la bibliothèque et ne posera plus de questions.

— Ah non, surtout pas ! (La sous-directrice se demanda si le père de Jeff savait pourquoi on envoyait les enfants à l'école.) En fait, je préférerais que vous ne parliez pas de ma visite, si ça ne vous ennuie pas.

— Comme vous voulez, répliqua gaiement M. Reynolds.

Alors qu'il raccompagnait Mlle Taylor à sa voiture, un détail lui revint brusquement.

— Mais si, il a une nouvelle passion !

— Je vous écoute.

— Ça date de cette semaine seulement. Comment ai-je pu l'oublier ? Les Ovnis ! Il s'intéresse aux soucoupes volantes. Il me demande tous les matins de regarder si on en parle dans les journaux. (M. Reynolds sourit de satisfaction.) Je savais bien que j'oubliais quelque chose !

— Merci, fit Mlle Taylor.

Ce n'était pas le genre de renseignement qu'elle attendait, elle l'enregistra néanmoins tout en démarrant. Il ne s'agissait sans doute que d'une petite pièce du puzzle, mais l'expérience lui avait prouvé qu'on ne pouvait obtenir le tableau final que de cette façon. Pièce par pièce.

Tom fut le premier à le remarquer.

Il pleuvait assez fort, une de ces averses subites qui vous trempent jusqu'aux os le temps d'ouvrir votre parapluie, mais ni Jeff ni lui n'étaient mouillés.

Et l'*Aquila* non plus. Tom observa les gouttes qui tombaient sur la coque sans paraître l'atteindre. La surface de l'*Aquila* restait parfaitement sèche comme si la pluie était absorbée avant de la toucher.

Un visage apparut au sommet de la butte. C'était un vieux monsieur qui marchait avec une canne.

— Le voilà ! cria-t-il en la pointant vers le caddie couché dans l'herbe.

— Je vais le chercher ! s'écria le gardien du jardin, en passant précipitamment devant lui. Restez là.

Il tenait son manteau au-dessus de sa tête pour s'abriter de la pluie et, pendant qu'il descendait récupérer le caddie, deux autres silhouettes apparurent, soutenant entre elles la pauvre Mme Murphy complètement trempée.

— C'est votre caddie, m'dame ? demanda le gardien en le ramassant.

Mme Murphy hocha la tête.

— Pourquoi personne ne nous regarde ? s'étonna Jeff. Pourquoi personne ne nous dit rien ?

— Ils... ne nous voient pas, balbutia Tom en regardant fixement l'eau qui n'atteignait pas l'*Aquila*.

Il venait de se souvenir de ce que M. Bampford avait expliqué sur les technologies avancées, capables de tirer de l'énergie de pratiquement n'importe quelle matière.

Il tendit le doigt vers les voyants violets au centre du tableau de bord. Il n'y en avait plus que deux qui clignotaient et, pendant qu'il les regardait, l'un d'eux s'éteignit.

— C'était de l'eau ! s'exclama-t-il, sans en croire ses yeux. L'*Aquila* fonctionne à l'eau !

Le soir même, Tom fit le plein de l'*Aquila* au tuyau d'arrosage, dans le garage. C'était bizarre à voir. L'eau tombait en cascade sur la coque de l'*Aquila* et... disparaissait. Et cela pendant près de deux heures, à plein débit, jusqu'au moment où elle déborda, giclant sur la coque avant de ruisseler sur le sol tandis que Tom se précipitait pour fermer le robinet.

Il avait essayé de calculer la capacité de l'*Aquila*. Il savait que le tuyau pouvait remplir un arrosoir de dix litres en trente secondes, donc en deux heures l'*Aquila* avait dû absorber... beaucoup d'eau. Il aurait bien voulu connaître la quantité exacte car il avait l'impression que cela dépassait largement le volume que pouvait contenir le vaisseau. Ce qui l'intriguait profondément.

Pendant ce temps, Jeff s'était assis aux commandes et contemplait les mots qui étaient apparus en hologramme devant lui quand il avait poussé le troisième bouton en haut à gauche.

— SERVIRE STO.

Il les avait recopiés laborieusement, une lettre après l'autre, sur un morceau de papier. Il avait très envie de savoir ce qu'ils voulaient dire.

9

Les yeux de M. Urquart allèrent du papier à Jeff.

— Où as-tu trouvé ça ?

— Nous l'avons lu quelquc part.

— Et tu sais ce que ça veut dire ?

— J'ai cherché les mots dans le dictionnaire, intervint Tom, mais je ne les ai pas trouvés.

— Pas étonnant ! s'exclama M. Urquart en regardant à nouveau le papier. C'est du latin.

— Du latin ? fit Jeff en essayant de ne pas paraître trop intéressé.

— Une matière dans laquelle je n'ai jamais fait d'étincelles, continua le professeur. (Il rendit le papier à Jeff.) Que puis-je faire pour toi ?

— Eh bien, nous voudrions savoir ce que ça signifie.

— Je viens de te l'expliquer. (La cloche sonna le début des cours et M. Urquart s'assit à son bureau.) « Que puis-je faire pour toi ? » En gros. Ou littéralement : « Je suis prêt à vous servir. » Voilà, tu as d'autres questions ?

— Non, c'est tout. Merci.

Jeff et Tom gagnèrent leurs places au fond de la classe. C'était mieux que tout ce qu'ils auraient pu imaginer. Si cette machine leur demandait ce qu'elle pouvait faire pour eux, c'est qu'elle était prête à les aider. Et les garçons voyaient déjà mille façons d'utiliser l'*Aquila*.

Malheureusement, le vaisseau les interrogeait en latin, sans doute parce qu'il avait appartenu à un Romain, et le dialogue ne serait pas facile.

— Si on allait à la bibliothèque pendant l'heure du repas ? murmura Jeff pendant qu'ils s'asseyaient.

— Bonne idée, répondit Tom.

Ils y trouvèrent plusieurs livres en latin, tout usés et tachés d'encre. Ils dataient de l'époque où l'étude de cette langue était aussi commune que celle des maths ou de l'anglais. Il y avait trois dictionnaires, deux grammaires et un exemplaire de la *Guerre des Gaules* de César ainsi qu'un livre de poche intitulé *Le latin facile*, destinés à ceux qui voulaient l'apprendre par eux-mêmes.

Tom commença par les dictionnaires.

Jeff avait pensé qu'ils devraient trouver une question simple à poser à l'*Aquila*. Peu importait la question, pensait-il, il s'agissait seulement d'essayer. Si l'*Aquila* répondait, même s'ils ne comprenaient pas la réponse, ils sauraient au moins qu'ils étaient sur la bonne voie.

L'entreprise se révéla plus difficile qu'ils ne le croyaient. Jeff avait proposé de traduire une phrase élémentaire comme « À quoi sert ce voyant ? » ou « À quelle altitude peux-tu aller ? ». Mais ces questions pourtant simples n'étaient pas faciles à traduire. Ils ne trouvèrent rien dans le dictionnaire qui corresponde à « voyant », alors qu'il y avait neuf traductions simplement pour le verbe « pouvoir ». Et les livres de grammaire ne leur furent d'aucune aide. Ils abordaient des notions incompréhensibles tels que les verbes irréguliers de la quatrième déclinaison dont ils n'avaient jamais entendu parler.

— C'est le coup classique ! marmonna Jeff.

— Quoi ?

— La seule matière qui pourrait nous être utile et on ne l'enseigne plus à l'école...

Tom feuilletait les pages du *Latin facile*.

— Si ce que nous demandons n'a pas d'importance, nous pourrions peut-être essayer ces phrases-là, proposa-t-il en montrant un exercice de thème où étaient glissées quelques phrases interrogatives. D'accord, là c'est en anglais, mais les réponses sont données en latin à la fin du livre.

— C'est quoi comme questions ? demanda Jeff.

— Sont-ils au jardin avec les garçons ? lut Tom.

Ce n'était pas le genre de question dont il brûlait de connaître la réponse, pensa Jeff, mais ça leur permettrait peut-être d'arriver à leurs fins.

La nouvelle fut accueillie, dans la salle des professeurs, avec une incrédulité parfaitement compréhensible.

— Ils font quoi ? demanda Mlle Taylor.

— Ils apprennent le latin tout seuls, dit Mlle Poulson, qui ne put s'empêcher de sourire. Graham Urquart les a vus à la bibliothèque.

— Reynolds et Baxter apprennent le latin ! s'exclama Mlle Taylor en la dévisageant. Vous parlez sérieusement ?

— Oui, c'est bizarre, je sais. Mais c'est la vérité.

— Alors là, c'est inouï ! Que vous a dit Graham exactement ?

— Juste qu'il les avait trouvés installés à une table, entourés de dictionnaires, de blocs-notes et de papiers, à travailler d'arrache-pied…

— Oh, tout ceci est ridicule ! grogna Mlle Taylor. Ces deux garçons mijotent quelque chose et je veux savoir ce que c'est !

Jeff appuya sur le bouton.

SERVIRE STO apparut dans le ciel, une fois de plus. Tom lut la première des questions qu'il avait relevées dans le livre.

— *Suntne in horto cum pueris ?*

La réponse fut instantanée et en un seul mot.

— NESCIO.

— Il parle. (Un sourire béat s'étala sur le visage de Jeff.) Il parle !

— En latin, malheureusement, soupira Tom en recopiant le mot sur un morceau de papier. Je me demande ce que ça veut dire.

— Nous finirons bien par le savoir, commenta Jeff en se renfonçant dans son siège avec un sourire de satisfaction. Ce qui compte, c'est qu'il parle. Continue, pose-lui une autre question.

Tom lut la suivante dans le livre.

— *Cur magistri puellas oppugnabant ?*

Cela voulait dire « Pourquoi les maîtres attaquent-ils les filles ? » et une fois de plus la réponse de l'*Aquila* fut immédiate.

— QUAE PUELLAE ?

— Oh, c'est génial ! s'écria Jeff, fou de joie. C'est fantastique. Encore une, allez !

Tom lui laissa le temps de recopier ces deux mots avant de poser la question suivante. Cette fois, la réponse fut beaucoup plus longue. Des pages entières d'écriture s'affichèrent soudain en demi-cercle devant eux sur un mètre de haut et deux mètres de large.

— Waouh ! s'exclama Jeff. Qu'est-ce que tu lui as demandé cette fois-ci ?

— De quel pays viens-tu ?

Se sachant incapable de recopier la réponse entière, Tom entreprit néanmoins de noter la première phrase.

— Super. Vraiment super ! s'exclama Jeff en hochant joyeusement la tête.

La seule chose qui l'inquiétait, c'était le temps que mettrait Tom à traduire toutes ces réponses. Quand ils avaient demandé à M. Urquart le temps qu'il fallait pour apprendre le latin, il leur avait répondu huit ou neuf ans en moyenne.

Jeff ne voulait pas attendre jusque-là.

Il leur fallait l'aide d'un expert.

— Vous êtes sûr qu'ils ne vous faisaient pas marcher ?

— Tout à fait, affirma M. Urquart en montrant à Mlle Taylor la table à laquelle ils étaient installés. En fait, je les ai découverts par hasard. Ils se cachaient.

— Comment ça ?

— Ils avaient empilé des albums de football autour d'eux pour qu'on ne les voie pas. Si je n'étais pas passé derrière eux pour ranger des livres, je ne me serais aperçu de rien.

Mlle Taylor secoua la tête. Cette histoire était vraiment incroyable.

— Je convoque tout le monde à seize heures cet après-midi. Je veux que tous leurs professeurs et tous ceux qui leur ont parlé ces quinze derniers jours soient présents. Nous devons trouver ce qui se passe. Vous pourrez venir ?

— Bien sûr.

— Nous devons réunir le maximum de renseignements. Je me demande depuis quand personne n'a fouillé leurs bureaux.

— Fouillé leurs... ? (M. Urquart était interloqué.) N'est-ce pas une violation de leur vie privée ?

Mlle Taylor lui jeta un regard apitoyé.

— Venez plutôt me montrer quelles sont leurs places, dit-elle en sortant de la bibliothèque. Vous n'avez vraiment aucune idée de ce que pourrait cacher cette histoire de latin ?

— Aucune, bredouilla le professeur en suivant la sous-directrice. Ils voulaient juste l'apprendre. Tom m'a même demandé si je pouvais lui donner des leçons, mais je lui ai répondu que j'en étais incapable, que seul M. Hodge pourrait les aider.

M. Hodge était arrivé au lycée de garçons de Stavely trente-cinq ans auparavant comme professeur de latin et de grec. Les années passant, la demande dans ces matières avait décliné, le collège s'était transformé en établissement polyvalent, et M. Hodge avait dû se recycler dans d'autres disciplines.

Il enseignait désormais une matière intitulée « Vie pratique » et censée préparer les jeunes au jour où ils auraient une maison et une famille à eux. M. Hodge n'était pas fait pour ça : il n'avait pas de famille et sa maison était d'une saleté notoire.

Il devait prendre sa retraite l'année suivante et tout le monde priait pour que ses cours de « Sécurité domestique » ne fassent aucune victime d'ici là. Et il y avait vraiment de quoi s'inquiéter.

Après s'être pincé deux fois les doigts en installant les tables et les fers pour le cours de repassage, il venait de se brûler sérieusement l'avant-bras et le passait absurdement sous l'eau froide lorsque Jeff et Tom vinrent le trouver.

— Que voulez-vous ? demanda-t-il en dévisageant les deux garçons d'un air inquiet.

Il se méfiait des enfants.

— Nous aurions voulu savoir ce que signifient ces phrases, si cela ne vous dérange pas, répondit Jeff en lui tendant le papier sur lequel Tom avait écrit les réponses de l'*Aquila*.

M. Hodge regarda la feuille.

— Je ne sais pas.

— Je croyais que vous enseigniez le latin autrefois, dit Tom.

— Oui. (M. Hodge retira son bras de dessous le robinet et remit ses lunettes.) « Nescio » veut dire « Je ne sais pas ». C'est le verbe savoir à la première personne du singulier, à la forme négative. La phrase suivante signifie : « Quelles filles ? » Quant au dernier paragraphe, il est très intéressant. Où l'avez-vous trouvé ? demanda-t-il en dévisageant les garçons.

— C'est une espèce d'énigme, répondit Jeff.

— Ah bon ? Je n'ai jamais croisé ce texte, mais il me semble très clair.

Un changement étrange s'était effectué en M. Hodge pendant qu'il étudiait les mots. Il avait perdu son air de chien battu et ses yeux brillaient d'enthousiasme.

— Il est écrit... « Ce radeau de sauvetage a été fabriqué par le peuple de Deneb à la quatrième décennie du règne de l'Empereur D'BengPar ; il appartient à l'un des nombreux vaisseaux spatiaux de combat qu'il a fait construire pour défendre son peuple contre les Yrrilliens, traîtres et félons. » Cela a-t-il une signification pour vous ?

— Où se trouve Deneb ?

— Je n'en ai pas la moindre idée, soupira M. Hodge en secouant la tête. La seule Deneb que je connaisse est une étoile. Elle doit se trouver quelque part dans la constellation du Cygne. Vous voyez un rapport avec votre énigme ?

— Oui, affirma Jeff en hochant la tête pensivement. Tout à fait.

— C'est très bien écrit, commenta M. Hodge, savourant chaque mot pendant qu'il relisait le texte.

Mais, avant qu'il ait pu finir, l'eau de l'évier déborda et tomba sur le fil d'alimentation d'un fer à repasser. Il y eut une détonation, les plombs sautèrent. M. Hodge fit un bond en arrière, se prit les pieds dans une planche à repasser, perdit l'équilibre, sa tête heurta l'angle d'une table, et il s'effondra, assommé.

Tom et Jeff restèrent à ses côtés jusqu'à l'arrivée de l'ambulance ; ils lui devaient bien ça. Pourtant ils mouraient d'impatience de recopier sa traduction avant de l'oublier.

Dès qu'elle aperçut le cahier, Mlle Taylor sut qu'elle avait trouvé ce qu'elle cherchait.

Il traînait, bien en évidence dans le pupitre de Tom, avec « *Aquila* » écrit en majuscules sur la couverture, et, au-dessous, le dessin d'un aigle qui portait une bannière dans son bec, sur laquelle on pouvait lire : *Licat volare, si super tergum aquila volat.*

Elle feuilleta les pages dans lesquelles Tom avait soigneusement tout consigné depuis le jour où Jeff était tombé dans la grotte. Et le cahier contenait également des cartes, des coupures de journaux, et des croquis du tableau de bord de l'*Aquila*, avec la description détaillée de la fonction de certains voyants.

Au fur et à mesure que Mlle Taylor tournait les pages, les pièces du puzzle se mettaient en place. Elle devait se rendre à l'évidence, même si c'était incroyable. Elle ne voyait qu'une explication.

Elle tendit le cahier à M. Urquart qui poussa un sifflement après l'avoir feuilleté.

— Il faut en faire une photocopie, décida Mlle Taylor. Et le remettre à sa place avant les cours de cet après-midi. Je ne veux pas qu'ils se doutent de quoi que ce soit. Pas encore.

Ils avaient enfin la réponse qu'ils cherchaient, songeait Jeff, pendant que Mlle Poulson parlait du traité de Versailles. Plongé dans ses pensées, il ne faisait même pas semblant d'écouter.

L'*Aquila* parlait ! Ils pourraient lui demander à quoi servait chacun des boutons. Ils sauraient ainsi quand il avait été fabriqué et pour qui. Ils pourraient lui demander ce qui se passait quand quelque chose clochait. L'*Aquila* leur dirait ce qu'il était capable de faire, comment il fonctionnait, qui étaient les Yrrilliens…

Bon d'accord, les réponses seraient en latin et ils ne pourraient pas les faire traduire à chaque fois par M. Hodge, de peur d'éveiller ses soupçons. Mais Tom finirait par se débrouiller tout seul. Jeff avait une grande confiance en lui. Il était bien plus intelligent qu'on ne le croyait.

À côté de lui, Tom notait scrupuleusement les événements de la journée dans son cahier.

— Ça explique qu'on n'ait trouvé aucun papier dans la grotte, chuchota-t-il.

— Quoi ?

— Je me suis toujours demandé pourquoi le centurion n'avait aucune note sur lui. Comme un mode d'emploi pour se souvenir à quoi sert chaque bouton. Tu vois, fit-il en montrant son cahier, moi, j'ai tout inscrit, mais lui n'en avait pas besoin. Il lui suffisait de poser une question.

Jeff regarda le cahier de son ami.

— Tu racontes tout là-dedans ?

— Oui, s'étonna Tom en levant les yeux vers lui. Pourquoi ? Qu'est-ce qui ne va pas ?

— Rien. Seulement, tu ne devrais pas le laisser traîner dans ton bureau. Imagine que quelqu'un tombe dessus !

10

La réunion organisée par Mlle Taylor fut retardée de quelques minutes par l'arrivée tardive de M. Hodge qui avait dû se rendre à l'hôpital se faire radiographier la tête.

— Je vous remercie tous d'avoir pu vous libérer aussi rapidement, commença la sous-directrice à la douzaine de personnes assises autour d'elle. Comme vous le savez peut-être déjà, je suis terriblement préoccupée par deux de nos élèves. Il s'agit de Tom Baxter et Jeff Reynolds, qui ont été surpris ce matin dans la bibliothèque, à étudier le latin tout seuls.

Un murmure de stupéfaction et d'inquiétude parcourut la salle.

— Au cours des quatre derniers jours, continua Mlle Taylor, ces mêmes enfants ont interrogé Derek Bampford sur les nouvelles énergies. Ils ont questionné Mlle Poulson sur les méthodes de navigation aérienne utilisées autrefois par l'armée de l'air, et Peter Duncan les a vus, lundi, faire des maths pendant leur temps libre… pour s'amuser.

— Ils ont recommencé ce matin, intervint le professeur de mathématiques. Ils sont venus me trouver à la fin de la leçon, pour un problème de robinet, d'arrosoir et de baignoire qui se remplissait en deux heures. Ils voulaient savoir quel volume elle pouvait contenir.

— Merci, Peter, dit Mlle Taylor qui ignorait ce dernier incident. Je vous ai donc réunis pour tenter de découvrir ce qui se passe. Je voudrais rassembler toutes les informations que nous avons à leur sujet. Quelqu'un aurait-il remarqué quoi que ce soit de particulier chez ces garçons depuis quinze jours ?

Huit personnes levèrent la main.

Jeff vira sur la droite et amorça doucement la descente vers le jardin de Tom. Les deux garçons connaissaient une satisfaction intense comme on en éprouve à la fin d'une journée difficile qui se termine bien.

Comme Jeff le prétendait, quand Tom saurait le latin, ils pourraient poser à l'*Aquila* toutes les questions qu'ils voudraient. Ils pourraient connaître la fonction de tous ses boutons sans avoir à les essayer, avec les risques que ça comportait. Et ensuite, il ne leur resterait plus qu'à découvrir leur utilité exacte.

— Comme celui-ci, fit Tom, en indiquant celui qui avait déclenché la lumière bleue, voleuse de caddie. Oui, à quoi peut-il bien servir en fait ?

Ils survolaient le jardin de Mme Murphy, et, malencontreusement, Jeff choisit exactement ce moment-là pour virer vers le garage de Tom. Ce mouvement inattendu déséquilibra Tom et son doigt effleura le bouton qu'il indiquait. Le contact ne dura qu'une fraction de seconde mais c'était trop tard. Le mal était fait.

L'*Aquila* avait son plein d'énergie, et le ruban de lumière bleue qui apparut en dessous, au lieu de sortir en serpentant paresseusement, jaillit vers le sol à la vitesse de la foudre.

— Que s'est-il passé ? demanda Tom tandis que Jeff lâchait les commandes pour se pencher vers le sol.

— Je crois qu'on a touché Mme Murphy ! s'exclama Jeff.

La vieille dame se penchait pour ramasser l'un de ses chats lorsque l'éclair bleu l'avait frappée. Elle semblait pétrifiée, l'animal aussi.

Jeff posa l'*Aquila* près de la cabane à outils calcinée au fond du jardin, et ils se précipitèrent vers la vieille dame.

— Madame Murphy ? cria Tom. Madame Murphy, vous allez bien ?

Elle ne répondit pas. Elle n'avait toujours pas bougé et, en s'approchant, Tom constata qu'elle ne respirait plus. Elle et le chat semblaient complètement gelés. Ses vêtements et les poils de l'animal avaient une apparence figée comme s'ils avaient été amidonnés et, quand Jeff tapota le bras de la vieille dame, il résonna comme du métal.

Il ouvrit la bouche et la referma, muet de stupéfaction.

— Je les ai tués ? souffla-t-il enfin.

— Eh bien… commença Jeff en se penchant pour observer attentivement le visage de Mme Murphy. Elle ne bouge pas…

— Elle ne respire pas non plus.

— Non, reconnut Jeff, mais si elle était morte, elle serait tombée, non ? En fait, elle a l'air tout à fait normal. Sauf… qu'elle ne bouge pas.

Les épaules de Tom s'affaissèrent.

— Nous ferions mieux d'appeler police secours ou les pompiers, je ne sais pas… Je sens que ça ne va pas plaire à ma mère, tu sais, gémit-il en retournant vers l'*Aquila*. Mais alors là pas du tout.

— Attends, reprit Jeff en l'attrapant par le bras. Je voudrais d'abord essayer un truc…

Mlle Taylor prenait des notes. Elle était déjà au courant de beaucoup de choses mais elle découvrit de nouveaux détails qui la surprirent.

M. Urquart avait donné les titres des huit livres que les garçons avaient empruntés à la bibliothèque, la semaine précédente, parmi lesquels *L'histoire de Rome* et *Grands Châteaux d'Europe*. Et M. Rivers, le directeur du département des Sciences, lui avait appris que Jeff et Tom avaient choisi deux ouvrages sur les lasers dans sa bibliothèque spécialisée.

Mme Ross, le professeur d'anglais, raconta que les deux garçons lui avaient rapporté, après un cours, qu'ils avaient lu *L'homme invisible* de H. G. Wells. Ils l'avaient ensuite longuement questionnée sur la façon dont on pouvait expliquer l'invisibilité. La révélation sans doute la plus étrange vint de M. Weigart, le professeur de technologie, qui avait trouvé les deux garçons, la veille, dans son atelier, en train d'essayer de fabriquer un sextant.

Ce fut M. Duncan qui résuma l'étonnement général :

— Mais bon sang, qu'est-ce qu'ils mijotent ?

— Je crois que j'ai trouvé la réponse à cette question, annonça Mlle Taylor en distribuant de petits paquets de photocopies soigneusement agrafées. Si vous voulez bien jeter un coup d'œil sur ces feuilles... Il s'agit de la copie d'un document que nous avons trouvé dans le bureau de Tom, pendant l'heure du déjeuner.

— Quelqu'un sait-il ce que signifie la phrase en latin ? demanda M. Bampford après avoir regardé la première page du polycopié.

— « Un homme peut aller où il veut, quand il vole sur le dos d'un aigle », traduisit lentement M. Hodge d'un ton appliqué. (Il regarda la sous-directrice.) Je suis étonné qu'un enfant ait connaissance d'une telle phrase de nos jours.

— Attendez de voir la suite, répondit Mlle Taylor.

Le docteur Warner était plongé dans ses pensées lorsque son téléphone sonna. L'archéologue contemplait l'objet trouvé le matin même dans le sol juste sous le squelette du centurion romain. C'était, elle le savait, tout à fait incohérent. Enfin, incohérent ou pas, l'objet était bien là devant elle.

Il s'agissait d'un tomahawk indien, cent pour cent authentique.

Elle prit soudain conscience de la sonnerie du téléphone et décrocha.

— Oui, bien sûr que je me souviens de toi, Tom. Que puis-je faire pour toi ? (Elle écouta.) Que veux-tu dire, en latin ?

— Quoi que tu aies fait à cette femme, s'il te plaît, défais-le maintenant, répéta Tom.

Il y eut un silence.

— C'est trop difficile ?

— Non, là n'est pas la question, répliqua le docteur Warner. Je me demande seulement dans quel contexte on peut dire une phrase pareille.

— Nous communiquons avec une personne, un peu comme sur Internet. Malheureusement elle ne parle que le latin. Je vous en prie. Vous êtes la seule à pouvoir nous aider.

Le docteur Warner réfléchit quelques instants, les yeux fixés sur le toit de sa tente.

— *Quidquid illi muleri fecisti, fac ilico ut infectum fiat*, déclara-t-elle enfin. C'est tout ?

— Vous pouvez attendre une seconde ?

Elle entendit Tom répéter la phrase qu'elle lui avait donnée, puis il revint en ligne.

— On me répond : « *Quae feminae ?* » Qu'est-ce que ça veut dire ?

— Ton interlocuteur aimerait savoir de quelle femme tu parles. Dis-moi, vous n'auriez pas des ennuis, les garçons ?

— Non, non. Pas du tout. Comment dit-on : « La femme dans le jardin » ?

— Avant d'aller plus loin, j'aimerais vraiment savoir ce qui se passe, insista le docteur Warner.

— On pourrait vous l'expliquer plus tard ? C'est très urgent.

— À qui parlez-vous et pourquoi communiquez-vous en latin ?

— Je ne sais pas, fit Tom. C'est comme ça.

— Mais ils doivent bien connaître une autre langue. Pourquoi ne leur demandez-vous pas ?

— On ne peut pas, affirma Tom. Voyez-vous… (Il s'arrêta.) Et comment vous leur diriez ça ?

— Quoi ?

— Comment je pourrais leur demander de parler anglais, par exemple ? En latin.

Le docteur Warner soupira.

— Essaie : « *Loquere Britanne parlate.* »

— *Loquere Britanne parlate*, répéta Tom et le docteur Warner entendit une exclamation, un cri de triomphe et, quelque part dans le lointain, Jeff qui hurlait : « C'est génial ! Waouh ! C'est incroyable ! »

— Tom ? Tom, tu es là ? Tout va bien ?

— C'est super, docteur Warner ! (La voix de Tom était triomphale.) Et merci. Merci beaucoup.

Il avait raccroché. Le docteur Warner pensa que c'était la conversation la plus bizarre qu'elle ait jamais eue, et elle se demanda un instant si elle ne devrait pas en parler.

Mais en reposant le téléphone, elle aperçut le tomahawk et ses pensées prirent aussitôt un autre cours.

Elle tenait dans ses mains la preuve incontestable que, mille ans avant Christophe Colomb, les Romains avaient découvert l'Amérique.

Un silence de mort planait sur le bureau de la sous-directrice pendant que les professeurs lisaient les photocopies qu'elle leur avait remises.

Mme Ross fut la première à prendre la parole.

— Vous êtes sûre que c'est bien Tom Baxter qui en est l'auteur ?

— Jusqu'au dernier mot, répondit Mlle Taylor. J'ai vu l'original.

— C'est incroyable ! s'exclama M. Duncan.

— Je suis d'accord avec vous. C'est inouï. Mais il faut regarder la vérité en face, continua Mlle Taylor en se penchant sur son bureau. Pris séparément, je le sais, tous ces faits dont nous avons parlé ne signifient rien. Pourtant, considérés dans leur ensemble, et à la lumière de ceci (elle brandit la copie du cahier de Tom), une seule conclusion s'impose.

Tout le monde hocha la tête.

— La question est de savoir maintenant ce que nous allons faire…

Assis dans leur vaisseau, Tom et Jeff regardaient les mots en suspension devant leurs yeux.

— QUE PUIS-JE FAIRE POUR TOI ?

— Nous aimerions que tu parles toujours anglais à partir de maintenant, demanda Jeff.

— D'ACCORD.

— Jamais plus de latin, insista Tom.

— D'ACCORD.

— Et la première chose que nous voudrions savoir, c'est ce que tu lui as fait, interrogea Jeff en montrant Mme Murphy, toujours figée dans la même position, son chat dans les bras.

— À QUI ?

— À Mme Murphy.

— LE SUJET EST MAINTENU EN STASE TEMPORAIRE.

— En stase temporaire... lut Tom à voix haute. Qu'est-ce que ça veut dire ?

Des phrases incompréhensibles s'affichèrent devant lui. Elles parlaient de matrice hexadimensionnelle, de déplacement moléculaire et de transposition fractale.

— Laisse tomber, reprit Jeff. Nous voulons seulement qu'il annule ce qu'il a fait. (Il se retourna vers l'*Aquila*.) Quoi que tu aies fait à Mme Murphy ce matin...

— Et au chat, précisa Tom.

— Exact... et au chat. Quoi que tu leur aies fait ce matin, nous voudrions que tu le défasses maintenant.

— S'il te plaît, ajouta Tom.

— D'ACCORD.

Un rayon de lumière jaillit du dessous de l'*Aquila*, mauve cette fois-ci. Et, dans un éclair si rapide que leur regard ne put le suivre, il enveloppa Mme Murphy et son chat…

… et disparut.

Le chat poussa un miaulement bref, sauta par terre et courut vers la maison. Mme Murphy se redressa, l'air un peu perdu, et tituba dangereusement d'avant en arrière. Tom bondit du vaisseau et la rattrapa de justesse. Jeff courut chercher une chaise de jardin et la fit asseoir.

— Tout va bien ? s'enquit Tom.

— Je… je crois, balbutia Mme Murphy d'une voix essoufflée. Je ne sais pas ce qui s'est passé… je voulais prendre Percy dans mes bras et… Oh, Seigneur ! murmura-t-elle en se tenant la tête.

— Venez, je vais vous conduire à l'intérieur, je crois qu'un verre d'eau vous fera du bien, suggéra Tom.

— Merci. (Elle lui sourit.) J'ai bien de la chance que vous soyez passés par là, mes garçons. J'ai beaucoup de problèmes avec les nouveaux comprimés que m'a donnés le médecin, expliqua-t-elle en entrant d'un pas chancelant chez elle. Vous savez, je crois que je préférais être déprimée, finalement. C'était beaucoup moins pénible.

Après toutes les émotions de la journée, Jeff était trop énervé pour trouver le sommeil.

L'*Aquila* était garé juste devant sa fenêtre. À minuit, comme il n'arrivait toujours pas à s'endormir, il sortit de son lit, enjamba la fenêtre et s'assit aux commandes du vaisseau.

Il ne voulait aller nulle part. Il était simplement heureux d'être là, à six mètres du sol, en pleine nuit, le visage doucement éclairé par les voyants du tableau de bord.

Ils ne pouvaient plus laisser l'*Aquila* chez Tom. En rentrant chez lui ce soir-là, le garçon avait découvert sa mère en train de ranger le garage pour pouvoir y mettre la voiture qu'elle voulait acheter. Son traitement se révélait étonnamment efficace.

Jeff avait proposé de laisser l'*Aquila* devant sa chambre. Le vaisseau serait suffisamment loin du sol pour que personne ne risque de le heurter et, le matin, le garçon n'aurait qu'à enjamber la fenêtre…

Il aurait aimé poser des tas de questions à l'*Aquila*. Il rêvait de savoir de quand le vaisseau datait, pourquoi exactement on l'avait construit et de quoi il était capable. Malheureusement, sans Tom, il ne pouvait déchiffrer les réponses.

Et, tout d'un coup, il pensa à une question dont il saurait lire la réponse sans problème. Il appuya sur le petit voyant vert, le troisième en partant de la droite.

— QUE PUIS-JE FAIRE POUR TOI ?

— Je voudrais savoir quelle distance tu peux parcourir avec le plein d'eau, dit Jeff. En kilomètres.

Le nombre qui s'étira devant lui commençait par un trois, mais ensuite ce n'étaient plus que des 0, les uns derrière les autres, par lignes entières sur des mètres de haut.

Jeff sourit de satisfaction. Ils pouvaient aller loin, très loin avec l'*Aquila*.

À minuit, les lumières du bureau de Mlle Taylor brillaient encore. Elle avait passé la soirée à appeler différents responsables pour leur exposer la situation et ce qu'elle avait en vue. Puis il lui avait fallu un long moment pour remplir des paperasses, compléter des formulaires, et rédiger des instructions pour le personnel. Et enfin, elle avait dû décider du moment de passer à l'action.

Il fallait procéder rapidement, avant que les garçons ne se doutent de quoi que ce soit et n'aient le temps de réagir.

Elle relut soigneusement ses notes une dernière fois.

11

— Je me demande pourquoi elle veut nous voir, s'étonna Tom. Nous n'avons rien fait de mal, non ?

Aussitôt lui revinrent en mémoire les poteaux télégraphiques arrachés, les onze foyers d'incendie et la pauvre Mme Murphy qu'ils avaient pétrifiée.

— Enfin, rien qu'elle sache, ajouta-t-il alors.

Jeff se contenta de grogner. Il se souciait moins de ce que la sous-directrice pouvait leur vouloir que du problème du stationnement de l'*Aquila*. La perte du garage de Tom comme cachette se révélait plus grave qu'ils ne le croyaient. Jeff avait cru bien faire en laissant l'*Aquila* devant la fenêtre de sa chambre, mais c'était une erreur.

Il avait plu et M. Reynolds, en promenant son chien comme tous les jours, avant d'ouvrir son magasin, avait découvert un phénomène inexplicable. Il avait aussitôt appelé Mme Reynolds et Jeff.

— Vous voyez là ? leur avait-il dit en montrant le trottoir qui longeait la maison, sous la fenêtre de son fils. C'est sec alors que tout est mouillé autour. (Il avait scruté le ciel en plissant les yeux.) On dirait qu'il y a quelque chose qui empêche la pluie de tomber.

Jeff s'était empressé de mettre l'*Aquila* dans le fond du jardin mais il s'était vite rendu compte que ce n'était pas non plus l'endroit idéal. Il avait laissé le vaisseau sous un arbre à deux mètres de hauteur pour que le chien ne se cogne pas dedans, mais des feuilles mortes s'étaient déposées sur la coque invisible et, comme il le constata au moment de partir à l'école, ça faisait un drôle d'effet. Heureusement que personne n'avait regardé dans le jardin.

L'*Aquila* était en sécurité au collège. Pour le moment tout au moins. Ils avaient pu le laisser à sa place habituelle, près de l'échelle de secours, car le sol était déjà mouillé. Mais, comme Jeff l'avait remarqué à juste titre, ils devaient absolument trouver une nouvelle cachette. Un abri couvert de préférence, protégé des regards, dans un endroit absolument pas fréquenté. Il commençait à comprendre pourquoi le centurion romain l'avait garé dans une grotte.

— Je crois qu'on devrait chercher pendant l'heure du déjeuner, proposa-t-il alors qu'ils se rendaient chez Mlle Taylor. On pourrait faire le tour de la ville. (Il rajusta sa cravate.) La dernière chose qu'on souhaiterait, c'est de le perdre maintenant, conclut-il en frappant à la porte.

Et là, à leur grande surprise, ils virent leurs parents !

Mlle Taylor, assise derrière son bureau, avec M. et Mme Reynolds à sa droite, et Mme Baxter à sa gauche, leur fit signe de s'asseoir sur les deux chaises placées au milieu devant eux.

Derrière la sous-directrice se tenaient M. Urquart d'un côté et Mlle Stevenson de l'autre. La présence de cette dernière aurait suffi à faire comprendre aux deux garçons qu'il s'agissait d'une réunion très particulière.

Mlle Stevenson était professeur d'éducation spécialisée. Ancienne lanceuse de poids olympique, elle s'occupait des enfants qui, pour différentes raisons, ne pouvaient suivre l'enseignement normal. Mlle Taylor aimait l'avoir auprès d'elle quand elle craignait de devoir employer la manière forte. Elle représentait, simplement par sa taille, une certaine force de dissuasion.

— Eh bien… (Mlle Taylor dirigea son regard vers les deux garçons qui prenaient place.) J'ai l'impression que vous avez eu une semaine chargée, tous les deux… et je dois avouer que vous nous avez bien caché votre jeu…

— Pourquoi ne nous avez-vous rien raconté ? interrogea Mme Reynolds en posant une main sur le genou de son fils.

— Vous raconter quoi ? demanda Jeff, jouant les innocents.

Comme pour confirmer ses craintes, Mlle Taylor prit la photocopie du cahier de Tom et la tendit aux deux garçons.

— Nous avons lu ce document passionnant, déclara-t-elle. C'est à toi, n'est-ce pas, Tom ?

Tom, incapable de parler, hocha la tête.

— Mais je me doute que vous vous y êtes mis tous les deux, ajouta-t-elle en se tournant vers Jeff. J'ai lu, par exemple, que c'était toi qui avais trouvé comment ramener l'*Aquila* chez vous, Jeff. C'est vrai ?

— Oui, répondit-il.

— Très ingénieux. En fait, nous avons relevé plusieurs idées très astucieuses. J'ai bien aimé la façon dont vous avez cherché la source d'énergie. Cela vous a beaucoup plu, à vous aussi, n'est-ce pas, mademoiselle Stevenson ?

— Oui, vraiment, acquiesça cette dernière en hochant la tête avec conviction. J'ai trouvé que c'était une analyse très intelligente pour un enfant de onze ans.

— Intelligente… répéta lentement la sous-directrice. Oui, cet adjectif ne cesse de revenir à l'esprit. (Elle prit une feuille sur son bureau.) Nous le savions déjà pour Tom. Il l'est suffisamment pour obtenir la meilleure note de sa classe à ce test de géologie, par exemple.

Tom, tout en reconnaissant son dernier contrôle de géographie, se demandait ce que Mlle Taylor attendait pour leur faire la morale, les sommer de rendre l'*Aquila* et appeler la police.

— Donc, nous voilà devant deux garçons qui ont toujours été les derniers de leur classe, qui n'ont jamais fourni aucun travail alors qu'ils sont visiblement intelligents. Comment expliquez-vous cela, mademoiselle Stevenson ?

— Eh bien, j'ai consulté leurs dossiers, expliqua celle-ci en ouvrant un classeur sur son bureau, et Jeff s'aperçut avec horreur qu'elle avait tous ses relevés de notes depuis l'école primaire. Bien que nous ayons toujours su que Jeff était dyslexique, je crois que son problème était plus sérieux que nous ne le pensions. Il a pu le cacher parce qu'il était intelligent d'une part, et aussi parce qu'il avait Tom pour l'aider.

— Je vois, fit Mlle Taylor en hochant la tête. Et qu'en est-il de Tom ? Il sait lire, alors pourquoi est-il toujours à la queue de la classe, lui aussi ?

— Je crois que Tom est un garçon prudent qui n'aime pas qu'on le bouscule. (Mlle Stevenson avait apparemment un dossier complet sur lui également.) S'il n'aime pas écrire, c'est surtout parce qu'il a peur de faire des bêtises. Il a réussi son contrôle de géologie parce qu'il connaissait bien les roches et qu'il était sûr de lui.

— Oui… (Mlle Taylor se renfonça dans son siège.) Nous voilà donc devant deux enfants intelligents qui travaillent mal en classe, mais qui, nous le savons grâce à cette œuvre pleine d'imagination, dit-elle en tapotant la copie du cahier de Tom, aiment résoudre des problèmes, faire des découvertes et apprendre. Et il était de mon rôle de trouver ce qu'il convenait de faire pour eux.

Un léger soupçon naissait dans l'esprit de Tom. Ça paraissait impossible et pourtant…

— La seule chose dont nous sommes sûrs, continua Mlle Taylor, c'est que le système actuel ne vous convient pas. Pour le moment, vous n'apprenez rien du tout. C'est pourquoi mes collègues et moi-même avons conçu à votre intention un nouveau programme, plus approprié, je pense.

Elle tendit deux feuilles aux garçons. Tom remarqua que sa mère en tenait déjà un exemplaire.

— Nous les étudierons en détail dans un instant, mais je tiens d'abord à souligner que vous serez seuls avec un professeur pour la plupart de vos cours, et qu'ils seront basés surtout sur l'apprentissage de la lecture et de l'écriture. Quant aux cours supplémentaires…

— Des cours supplémentaires ? Vous allez nous donner des cours supplémentaires ? balbutia Jeff en regardant fixement son nouvel emploi du temps.

— Exactement, répondit Mlle Taylor. Vous avez beaucoup à rattraper, vous savez, et sans ces cours…

— C'est pour nous punir, c'est ça ?

Mlle Taylor fronça les sourcils.

— Pas du tout, intervint Mme Reynolds en se tournant vers son fils. C'est pour vous aider.

Jeff dévisagea sa mère puis la sous-directrice, totalement déconcerté. Il croisa alors le regard de Tom et la réponse leur apparut à tous deux en même temps, comme un coup de tonnerre.

Personne ne se doutait de rien !

Mlle Taylor avait tout écrit devant elle… et elle n'avait rien compris. Personne n'avait rien compris.

C'était comme le bonhomme qui les avait surpris devant le marchand de glaces. En les voyant assis dans le vaisseau, il en avait conclu que l'*Aquila* ne pouvait être qu'un jouet. Mlle Taylor et les autres avaient lu ce que Tom avait écrit dans son cahier, mais tous croyaient qu'il s'agissait d'une simple histoire. Aucun d'eux n'avait envisagé une seule seconde que ça puisse être la description de la réalité.

— J'espère que vous vous rendez compte du mal que Mlle Taylor s'est donné pour mettre ce programme au point, insista Mme Baxter. Je crois que vous pouvez la remercier, les enfants.

— Merci, fit Tom aussitôt appuyé par Jeff. Merci, mademoiselle. Merci beaucoup.

Mlle Taylor, pourtant endurcie par ses nombreuses années passées dans l'enseignement, fut profondément touchée par la sincérité de leur gratitude.

Tom et Jeff déjeunaient dans le vaisseau, à trente mètres d'altitude à côté du clocher de l'église paroissiale St Mary. La vue sur Stavely était magnifique mais, en cet instant précis, les deux garçons n'y prêtaient aucune attention.

— Je n'en reviens pas ! s'exclama Tom. Quelle chance on a eue !

Il donnait des miettes de sandwich à un pigeon à moitié assommé qui reprenait ses esprits sur la coque de l'*Aquila*. À voler ainsi en toute invisibilité, il leur arrivait de se faire percuter par des oiseaux. Tom espérait que le pigeon était juste un peu sonné et qu'il se remettrait rapidement.

Jeff étudiait l'emploi du temps que Mlle Taylor lui avait remis, les sourcils froncés. Le soulagement qu'il avait éprouvé en découvrant qu'ils ne perdraient pas l'*Aquila* avait laissé peu à peu la place à la stupeur quand il s'était aperçu que c'était son temps libre qui allait disparaître.

Des cours supplémentaires leur étaient ajoutés à la pause du déjeuner, après l'école et même le week-end. Et ce seraient de vrais cours. Comme ils seraient seuls à y assister, pas question de se mettre au fond de la classe en prenant l'air idiot pour laisser les autres répondre à leur place. Ils devraient travailler.

— Ça se passera peut-être bien, tenta de le consoler Tom, lisant dans ses pensées. On ne sait jamais, ça nous aidera peut-être.

— Tu rêves !

Jeff gardait un souvenir cuisant de la dernière fois qu'on avait voulu lui donner des cours de soutien en lecture. Il avait sept ans et cela s'était transformé en séances de hurlements. Il n'avait aucune envie de revivre ce genre d'expérience.

— Eh bien, nous avons quand même eu de la chance, reprit Tom, en regardant le pigeon qui se remettait péniblement sur ses pattes et parcourait la coque d'un pas chancelant. Nous avons toujours l'*Aquila*.

— Mais plus d'endroit pour le garer.

Jeff n'était pas d'un caractère sombre, mais ces changements de programme l'avaient mis de très mauvaise humeur.

— Enfin, ça n'a plus d'importance maintenant ! Avec ces fichues leçons, nous n'aurons plus le temps d'aller nulle part ! s'exclama-t-il en reposant rageusement la feuille de papier. Et si on leur disait qu'ils n'ont rien compris, qu'ils se trompent complètement ?

— Tu crois que Mlle Taylor annulerait tout ?

— Elle, je ne sais pas. Mais on pourrait en parler à M. Urquart… (Il réfléchit.) Écoute, si je vais le voir, tu viendras avec moi ? Je crois qu'on ferait mieux d'y aller tous les deux.

Tom ne répondit pas. Son pigeon était arrivé au bout de la coque et venait de tomber dans le vide comme une pierre.

— Tom ? Écoute, j'ai vraiment besoin de ton aide. Tu viendras avec moi ?

— Oui, bien sûr.

Tom sourit. À son grand soulagement, au moment où il allait s'écraser sur le sol, le pigeon s'était mis à voler.

Il était cinq heures passées quand les deux garçons ressortirent de la bibliothèque après leur première séance de devoirs surveillés. Heureusement, ils trouvèrent M. Urquart dans sa classe, encore occupé à installer une carte du Portugal pour les cours du lendemain.

— Bonsoir, les enfants. Comment ça va ? leur demanda-t-il d'un ton enjoué.

— Eh bien, voilà, commença Tom, nous pensons qu'il y a eu un malentendu.

— Ah bon ?

— Vous n'avez rien compris, renchérit Jeff. Rien de rien.

M. Urquart posa son stylo et regarda les garçons.

— Rien compris à quoi ?

— Ce travail supplémentaire que vous nous donnez. Vous pensiez nous faire plaisir. Mais pas du tout. On déteste ça.

— Ah… (M. Urquart les dévisagea d'un air pensif.) Pourtant, ce n'est pas ce que vous aviez l'air de dire, non ?

— Nous n'avons rien dit du tout. Nous n'avons jamais rien dit à personne.

— C'est pour ça qu'on est toujours assis au fond de la classe, expliqua Tom. Pour ne pas avoir à parler.

— Et nous ne voulons pas apprendre, ajouta Jeff. Nous sommes très contents comme ça.

— Alors là, je ne suis pas d'accord ! s'écria M. Urquart en se renfonçant dans son siège. Regardez, depuis une semaine, vous avez demandé tous les deux à visiter des fouilles archéologiques, vous avez emprunté toutes sortes de livres à la bibliothèque, vous avez fait des maths, vous vous êtes mis tout seuls au latin… Alors, pourquoi auriez-vous fait tout cela si vous n'aviez pas envie d'apprendre, hein ?

Jeff ouvrit la bouche pour répondre… et la referma.

— On voudrait que tout redevienne comme avant, grommela-t-il d'un air buté. On ne veut pas que ça change.

— Mais tout change autour de vous, répondit M. Urquart en écartant son fauteuil du bureau. Rien n'est immuable. C'est impossible. Prenons Tom, par exemple. Il est évident que plus tard il sera géologue, mais il ne pourra pas y arriver sans passer d'examens, et il faudra bien qu'il se mette à travailler un jour.

Il ramena son regard sur Jeff.

— Et toi, Jeff. Tes parents m'ont dit ce matin que tu rêvais de voler. Si tu veux devenir pilote, il faudra bien que tu saches lire, non ? Pour étudier les cartes. Pour savoir où tu vas. Pour comprendre ton plan de vol.

Jeff le regarda fixement sans rien dire pendant quelques secondes ; ce fut Tom qui finit par briser le silence.

— Vous… vous croyez que je pourrai être géologue ?

— Je suis sûr que vous pourrez faire tous les deux ce que vous voulez, ça ne tient qu'à vous. (M. Urquart se leva et s'approcha de la fenêtre.) Bon, d'accord, ça ne sera pas toujours facile, mais il suffit de deux choses pour réussir dans presque tous les domaines. La première, c'est la détermination, et la seconde, c'est savoir trouver l'aide dont on a besoin. Regarde ta mère, poursuivit M. Urquart en se tournant vers Tom. C'est un très bon exemple. Elle n'est pas sortie de chez elle pendant trois ans, et, tout d'un coup, elle a décidé de se prendre en main. Elle en a eu assez. Alors elle est allée trouver les gens qui pouvaient l'aider et hop ! du jour au lendemain, elle vient à l'école, elle parle d'acheter une voiture. C'est comme ce que tu as écrit sur la couverture de ton cahier. « Un homme peut aller où il veut, quand il vole sur le dos d'un aigle. »

— Vous croyez que ça veut dire ça ? demanda Tom en fronçant les sourcils.

— Il s'agit d'un proverbe tiré d'une fable d'Ésope. Tu connais l'histoire ?

Tom secoua la tête.

— Des oiseaux organisent un jour une compétition pour voir lequel d'entre eux peut voler le plus haut. Bien sûr, tous pensent que l'aigle gagnera parce qu'il est le plus fort et qu'il a les ailes les plus grandes. Et bien sûr, au départ, l'aigle vole plus vite et plus haut que tous les autres. Mais quand il arrive au bout de ses forces, une hirondelle qui s'était perchée sur son dos s'élance dans le ciel et monte encore plus haut.

« C'est ainsi qu'on obtient ce qu'on veut de la vie. Tu décides où tu veux aller et tu cherches un aigle, continua M. Urquart en regardant par la fenêtre. Les aigles peuvent prendre bien des formes, ils ont tous cependant un point commun. Ils t'emportent là où tu n'aurais pas pu arriver tout seul. Et parfois là où tu n'aurais jamais pensé arriver.

Il vit alors Mlle Taylor qui traversait la cour de récréation à grands pas pour rejoindre sa voiture. Il y avait dans sa démarche, dans sa façon de tourner la tête dans tous les sens, quelque chose qui le fit penser à un gros oiseau de proie.

— Ils ne portent pas toujours des plumes et des ailes, conclut-il. Certains ressemblent même à des professeurs.

12

Jeff ressortit de chez Mlle Stevenson bizarrement satisfait. Il était content, bien sûr, que sa leçon particulière avec le professeur d'éducation spécialisée soit terminée. Il allait enfin pouvoir profiter du reste du week-end à sa guise, mais c'était plus profond que ça.

En fait, il avait de bonnes raisons d'être heureux. Depuis la réunion avec Mlle Taylor, trois semaines plus tôt, ils avaient trouvé une cachette sûre pour l'*Aquila*, puis ils avaient parcouru le pays de long en large et, cet après-midi-là, ils devaient faire leur premier vol transatlantique. Ce ne serait qu'un vol d'essai, un simple aller-retour à New York, mais Jeff mourait d'impatience.

Il arriva au bout de la route et prit le chemin sur la gauche qui conduisait à l'ancien château d'eau. C'était l'endroit rêvé comme cachette.

Bâtie au début du siècle pour alimenter en eau les rangées de maisons mitoyennes que l'on construisait au pied de la colline, la tour de brique d'une cinquantaine de mètres de haut était désaffectée depuis une trentaine d'années. La porte et les fenêtres du bas étaient condamnées par des planches et hérissées de fil de fer barbelé, mais en haut, les deux garçons avaient trouvé exactement ce qu'ils cherchaient : une grande pièce abritée, avec de grandes ouvertures sans fenêtres, invisible du sol, et totalement inaccessible.

Restait évidemment à redescendre une fois qu'ils auraient laissé l'*Aquila* en haut du château d'eau, et à remonter.

La solution était d'une étonnante simplicité. En passant au crible les différents boutons du tableau de bord, aidés par l'*Aquila*, ils avaient découvert un « programmateur spatial de retour automatique ».

Cela signifiait simplement que l'*Aquila* pouvait voler seul, sans personne à ses commandes. Peu importait même qu'il y ait quelqu'un à bord. Il pouvait se rendre n'importe où on lui disait d'aller, à une vitesse donnée, en toute sécurité.

Le centurion romain le savait. Ils avaient retrouvé plusieurs de ses coordonnées dans la mémoire de l'*Aquila*, et Tom frissonna en pensant qu'ils auraient été expédiés au fin fond de la Bulgarie si Jeff avait appuyé sur ce bouton en premier, l'autre jour, dans le garage.

Ils avaient programmé l'*Aquila* pour qu'il aille se garer en haut du château d'eau et qu'il redescende au sol sur un simple signal. L'*Aquila* pouvait reconnaître des signaux dans des milliers de langues ou de fréquences. Les garçons avaient choisi d'utiliser un sifflet à ultrasons. L'oreille humaine ne pouvant pas les capter, ils risquaient d'autant moins d'attirer l'attention.

Le chemin se rétrécit et Jeff entra dans le bois, toujours aussi ravi. Arrivé à la base du château d'eau, il sortit son sifflet et émit trois sifflements courts suivis de deux longs. Un instant plus tard, il tendit la main sur sa droite, sentit la coque de l'*Aquila* et grimpa à l'intérieur.

L'*Aquila* était programmé pour arriver en toute invisibilité à la droite de celui qui utilisait le sifflet. Il fallait donc faire attention à l'endroit où l'on se mettait. Tom avait un jour émit le signal alors qu'il se tenait près d'un arbre. On pouvait encore voir la souche et le tronc qui gisait en bas de la pente où il avait roulé. Les deux parties avaient été tranchées avec une netteté qui avait intrigué l'expert envoyé par la municipalité.

— Tom est en haut ? demanda Jeff en s'asseyant.

— OUI.

Sous les lettres apparut un petit dessin d'un garçon assis à un bureau.

— Il travaille ?

— IL FAIT SES DEVOIRS.

Un nouveau croquis apparut montrant Tom en train d'écrire dans un cahier.

L'*Aquila* employait souvent cette méthode pour répondre aux questions de Jeff, et il choisissait toujours les mots les plus simples et les plus courts. Le garçon lui avait expliqué, très vite, qu'il lisait avec difficulté et lui avait demandé de parler au lieu d'écrire. Malheureusement, l'*Aquila* n'avait pu obéir. Il pouvait communiquer dans la plupart des langages connus de la galaxie mais son générateur vocal avait été détruit par une décharge de photon yrrillienne, six mille ans auparavant. Le mécanisme se trouvait quelque part dans la partie tordue et décolorée de l'empennage que les deux garçons avaient remarquée dès le premier jour.

Faute de parler, l'*Aquila* employait des mots faciles à lire, ce que les deux garçons avaient déjà eu l'occasion d'apprécier. La semaine précédente, alors qu'ils l'interrogeaient sur la fonction de certains voyants, l'*Aquila* avait décrit l'un d'eux comme un « régénérateur de chlorite atmosphérique ».

Quand Tom lui avait demandé ce qui arriverait s'il s'en servait, l'*Aquila* avait répondu : « potentiel de survie négatif pour la forme de vie actuelle », ce qui leur parut tout aussi obscur. Heureusement, quand Jeff posa la question à son tour, l'*Aquila* écrivit « Non ! non ! Aaaaah ! » et dessina un homme qui toussait, s'étouffait, tombait à genoux puis s'écroulait, mort. La chlorite, ils le découvrirent, était un gaz très toxique. Mais, finalement, cette expérience les avait rassurés.

L'*Aquila* aurait pu remonter au sommet du château d'eau tout seul mais Jeff préféra piloter. Prenant les commandes, il lui fit décrire une spirale autour de la tour, s'arrêta devant la fenêtre du haut et entra prudemment en marche arrière.

La pièce était devenue très accueillante depuis qu'ils l'habitaient.

Tom, assis à une table, dans un angle, finissait ses devoirs de maths en écoutant de la musique diffusée par une vieille radio. Il leva les yeux quand Jeff et l'*Aquila* redevinrent visibles.

— J'ai presque fini. Je t'ai préparé à boire, annonça-t-il en montrant un bol. Tu n'as plus qu'à le réchauffer.

Jeff descendit de l'*Aquila* en pensant que son ami avait bien changé ces dernières semaines. Il fallait le voir le dimanche précédent, penché pardessus bord, quelque part au-dessus des Pyrénées, tapant avec détermination sur un rocher en basalte avec son marteau. Il était méconnaissable. Il montrait une telle détermination dans ses gestes et sa façon de parler ces derniers temps ! Et quand on le voyait discuter avec assurance de fossiles ou de l'origine des différentes couleurs dans le calcaire avec M. Urquart, on avait du mal à croire que c'était la même personne.

Jeff prit le bol et le plaça délicatement sous l'empennage. L'*Aquila* pouvait chauffer un bol de chocolat d'une décharge contrôlée de micro-ondes en une fraction de seconde. Et ce n'était qu'une de ses nombreuses commodités, songea Jeff, en éprouvant à nouveau cette étrange sensation de contentement. Un sentiment de satisfaction très profond qui lui donnait envie de sourire, sans raison.

Il regarda autour de lui. La plupart des meubles venaient de chez Mme Murphy. Quel bonheur de savoir que la vieille dame était enfin heureuse maintenant ! Elle avait décidé de ne plus prendre aucun médicament et ses visions et ses hallucinations avaient disparu. Elle allait au cinéma avec Mme Baxter deux fois par semaine, et les deux garçons lui faisaient ses courses au supermarché tous les vendredis soir. En échange, elle leur avait proposé de prendre tout ce qu'ils voulaient dans les vieux meubles qui encombraient son garage et son grenier.

Ils avaient choisi un canapé, un tapis, une table de cuisine et des chaises, une lampe, une télévision noir et blanc et la radio. Il n'y avait pas d'électricité dans le château d'eau, bien sûr, mais l'*Aquila* pouvait alimenter tout appareil électrique situé dans un rayon de deux cents mètres. Il pouvait également étouffer les sons et les lumières de la pièce de façon à ce que personne au-dehors n'entende ou ne voie quoi que ce soit. L'*Aquila* pouvait faire tellement de choses ! Tom lui avait demandé un jour de dresser la liste complète de ses facultés mais il s'était découragé en découvrant qu'il lui faudrait au moins trois jours pour la lire.

Le mur derrière la table était recouvert d'étagères sur lesquelles Tom avait disposé les pierres et les fossiles qu'il avait ramassés ces dernières semaines. Il y avait des morceaux de grès colorés de l'île de Wight, des éclats de basalte de Staffa en Écosse, et, sur l'étagère du bas, le joyau de sa collection, un morceau de granite conique qui n'était autre que l'extrémité du mont Cervin. Le laser de l'*Aquila* l'avait découpé comme du beurre et, un jour, se dit Jeff, on découvrirait que ce haut sommet des Alpes ne mesurait plus que 4 477,2 mètres au lieu de 4 477,5.

Le mur derrière le canapé était réservé aux trophées de Jeff. On voyait une photo de lui debout à côté de la statue de Nelson sur sa colonne. Et le chapeau qu'il avait volé au président Clinton lors de sa visite officielle à Londres. Et les bannières du dernier match international de cricket contre le Pakistan, ainsi qu'une paire de chrysanthèmes fanés qu'il avait cueillis dans les jardins du palais de Buckingham.

— J'ai terminé, annonça Tom en posant son stylo avant de se lever.

Normalement, il aimait vérifier ses devoirs avec l'*Aquila*, mais il le ferait plus tard. Il s'approcha de son ami.

— Comment s'est passée ta leçon ?

— Bien, répondit Jeff en haussant les épaules.

Bien qu'il refusât de le reconnaître, ses cours avec Mlle Stevenson lui plaisaient beaucoup. Elle travaillait avec une efficacité qui l'impressionnait et il s'était habitué à son humour. Et surtout, elle connaissait bien son travail et, pour la première fois de sa vie, Jeff découvrait un sens à l'univers des mots et des lettres. Il commençait à lire les panneaux indicateurs et quelques mots par-ci par-là à la télévision. Il se demandait même si un jour…

— Tout est prêt pour notre balade de cet après-midi, annonça Tom, interrompant le fil de ses pensées, mais ça t'ennuierait si on n'allait que demain en Amérique ?

— Pourquoi ?

— Ma mère va voir nos cousins à Stockport et elle voudrait que je l'accompagne.

Mme Baxter organisait de nombreuses excursions depuis qu'elle avait acheté une voiture. Il ne se passait pas de jours sans qu'elle aille rendre visite à un membre de sa famille ou à une vieille amie, sans compter les séances de cinéma avec Mme Murphy et ses cours de kendo, le soir. On aurait dit qu'elle mettait les bouchées doubles pour rattraper les trois années où elle était restée enfermée chez elle.

Tom regarda sa montre.

— Il nous faudrait au moins deux heures pour nous rendre à New York, et j'ai promis de rentrer à la maison pour treize heures trente. Mais si tu veux y aller tout seul…

— Non, non, demain ce sera parfait. (Et, tenant toujours son bol de chocolat, Jeff monta dans l'*Aquila*.) Rien ne nous oblige à partir si loin.

Il éprouva à nouveau cette étrange bouffée de joie. Il sentait son esprit pétiller sans comprendre pourquoi, et ça l'agaçait.

Tom ramassa le sac contenant leurs repas et monta à côté de lui. Ils ne s'encombraient plus de manteaux. Où qu'ils aillent, l'*Aquila* maintenait une température agréable.

— Je dirige le décollage, d'accord ? proposa Tom. Le temps que tu boives ton chocolat.

Il fit sortir l'*Aquila* en douceur. D'en bas montaient les bruits de circulation de la ville, le murmure de la brise dans les arbres et les cris des enfants qui jouaient au jardin public.

— Alors, où veux-tu aller ?

Jeff ne répondit rien. Il avait brusquement le sentiment d'avoir passé un cap important. Comme s'il venait d'escalader un sentier escarpé particulièrement dangereux et qu'il se trouvait à nouveau en terrain sûr avec une route attrayante devant lui. Il avait le sentiment d'avoir compris quelque chose pour la première fois, seulement il ne savait pas quoi.

— C'est ton tour de choisir, non ?

Tom attendait patiemment mais Jeff ne répondait pas. Il était plongé dans ses pensées. Il avait l'impression que la réponse à sa question flottait à sa portée, quelque part à la surface de son esprit, et que s'il arrivait à se concentrer…

— Nous pouvons faire des tas de choses, continua Tom en levant les yeux vers le ciel. Nous pouvons survoler le parc national, si tu veux. Et passer voir cette fameuse hache dont parle tant le docteur Warner…

Il y était presque, pensa Jeff. C'était là, tout près…

— À moins qu'on ne retourne à Paris, continua Tom. Voir si ton chewing-gum est toujours collé en haut de la Tour Eiffel. (Il réfléchit.) On peut tout faire, en fait.

— C'est ça ! (Un sourire s'épanouit lentement sur le visage de Jeff.) C'est exactement ça !

— Quoi donc ?

— C'est ça l'intérêt ! Nous pouvons aller où nous voulons !

— Oui… bredouilla Tom.

Franchement, c'était évident, mais il n'osa rien dire. Ça semblait tellement important pour Jeff !

— Il te suffit de trouver un aigle pour aller où tu veux. N'importe où. (Jeff semblait ravi à cette idée.) Absolument n'importe où…

— Exactement, renchérit Tom en hochant la tête. (Il y eut un long silence.) Alors… où veux-tu aller ?

— Je ne sais pas. (Jeff but une gorgée de chocolat.) Enfin, pour commencer, je crois que j'aimerais bien aller… plus haut.

— Plus haut ?

— Très haut. Je voudrais regarder la vue.

— D'accord, fit Tom en haussant les épaules.

L'*Aquila* commença à monter. Haut, toujours plus haut, de plus en plus vite. Les bruits s'estompèrent, et il leur fut bientôt impossible de distinguer les gens, puis les voitures et enfin les constructions. Stavely n'était plus qu'une tache irrégulière dans la verdure environnante. Le bruit avait cédé la place à un profond silence.

Et ils continuaient à s'élever dans le ciel. Même si l'*Aquila* n'avait pas été invisible, il aurait été trop petit pour qu'on le voie du sol. C'était une journée splendide, songea Tom en contemplant les volutes de nuages qui flottaient loin audessous d'eux en projetant des ombres minuscules sur le sol.

— On est assez haut ? demanda-t-il.

— Si tu veux mon avis… (Jeff se tourna vers son ami en souriant.) Si tu veux mon avis, on ne fait que commencer.

Composition : Francisco *Compo*
61290 Longny-au-Perche

Impression réalisée sur Presse Offset par

BRODARD & TAUPIN
GROUPE CPI

La Flèche (Sarthe), le 14-06-2006
N° d'impression : 35826

Dépôt légal : janvier 2002.
Suite du premier tirage : juin 2006.

Imprimé en France

POCKET jeunesse
12, avenue d'Italie
75627 PARIS Cedex 13